第二十三回「伊豆文学賞」優秀作品集

目次

小説・随筆・紀行文部門

最優秀賞　（小説）

ナナカマドの庭《にわ》

鈴木《すずき》　ヤスノリ

一

「期待はずれだったな、お前」

五月の県予選の直前、監督から言われた言葉が、二ヵ月たった今でも耳に残ったままだ。監督の言葉に、かっと血がのぼった。足下に転がっていたサッカーボールを思い切りけとばすと、ボールは大きな放物線を描いて、校舎のすみへ吸い込まれていった。

「だから、だめなんだよ、お前は！」

監督の怒鳴り声が響き、あっけにとられた部員たちの視線が耕介に集まった。そのすべてを断ち切るように、耕介は全速力でグラウンドを後にした。あの日以来、部活には出ていない……。

今、耕介の目前には、海岸線に沿ってコンクリートの防波堤が大きな弧を描いて延びていた。強い向かい風の先には、伊豆半島がうす青く横たわっている。

こんな風じゃ、自転車なんてこげたもんじゃない。耕介はペダルを踏むのをやめ、ハンドルを切り返した。向かい風に背を向けると、追い風に乗って自転車はゆるゆると蛇行をはじめた。見上げれば、空を舞うトンビやカラスも、羽を広げたまま、海風に身をまかせて漂っている。

一年生でたった一人のレギュラーとして、ボールを追いかけていた去年の今ごろ、まさか一年後の自分がこんなことになっていようとは思ってもみなかった。

学校に行かなくなった今でも時々気になることがある。校舎の片隅に転がったままの、あのサッカーボールのことだ。

ぴぃぃぃー。空を舞うトンビの鳴き声が、試合終了を告げるホイッスルのように響き渡った。自転車はいつの間にか、コンクリートの壁に前輪を押し付けて止まっていた。

腕時計の針は五時半をまわっている。明日からは夏休みが始まる。耕介は大きなため息をついてから、ゆっくりとペダルを踏み込んだ。

気晴らしのつもりで田子の浦の海浜公園まで来たが、結局、踏切を渡って、いつもの国道に出た。吉原駅の北をしばらく進むと小さなお弁当屋が見えてくる。

耕介の両親は、手作りのそうざいやおにぎりなども扱う昔ながらの弁当屋を営んでいる。ちりんと鈴の音をたてる引き戸をくぐると、カウンターの奥から母親の笑顔がのぞいた。そして、耕介の目をまっすぐにとらえると、間近にやってきて、

「耕介、あんた、今日学校は？」

と聞いた。耕介は、思わず、目をふせた。

「真理奈先生から何度も電話があったよ。お腹が治ったら、すぐ出るって、朝は言ってたでしょ。だから、てっきり学校に行ったんだと思ってたのに」

小声でも母のいらだちはよくわかった。両親とも店の仕込みで、六時すぎには家を出てしまうか

ら、家に残っているのは耕介一人だ。

「途中、交通事故にでもあったんじゃないかって、先生すごく心配してくれたよ」

「ああ、行くつもりだったけど、腹が治った時は、もう学校終わってたからさ」

本当のことだ。朝になるとたいてい腹が痛くなる。けれど昼下がりになると、けろっと治るから仮病にも見える。

「やっぱりね。そんなことだろうと思った。お客さんがね、耕ちゃんの自転車、家に停まってたよって教えてくれたもんだから、先生には、今日は欠席でお願いしますって言っといたよ」

母が耕介を信じてくれているのは救いだ。小言を言いながらも、学校の先生にはうまく話してくれている。

担任の真理奈先生は、大学を出たての英語の先生だ。一年生からの持ち上がりで、わりと話しやすい。しかし問題は、二年生になってから、サッカー部監督の白岩先生が副担任についたことだ。それを思うと、耕介は気が重くなる。

「どうすんだい？」

厨房から父の声がすると、その言葉を引き取って母が言った。

「今日は、何食べたいの？　お腹もう大丈夫？」

「何でもいいよ」

ぶっきらぼうに答えると、厨房の奥の父と目が合った。

「働かざるもの、食うべからずってね。ごはんが頂けるのはありがたいことなんだって、あんた、わかってる？」

このごろの母の口ぐせだ。耕介は、何も言い返せず、入り口わきに並べてあるパイプいすに座り込んだ。何気なく棚に置いてある冊子を手に取った。ぱらぱらっと開くと、アルバイトの情報誌だった。

ちりりん、ちりりん。

入口の鈴がなって、作業着姿のお客さんが二人ほど入ってきた。そろそろ混み始める時間帯だ。耕介は母親から渡された包みを受け取ると、早々に店を後にした。

求む、花市場のアルバイト。沼津市千本、沼津港近く。

スタミナ弁当を食べながら、さっきの情報誌を見ていると、この広告が目にとまった。食いぶちを稼げば、うるさいことも言われないはずだ。どうせバイトだし、いやだったらすぐに辞めればいい。

その夜、耕介は、九時過ぎに帰宅した両親に向かってアルバイトのことを話した。

「花市場の仕事って、朝早いんじゃないの？　無理じゃない？」

そう言って、母はコップに酒を注ぐ父の方をちらっと見た。

「腹が大丈夫なら、やってみろ」

あっけないほどすぐ、父は賛成してくれた。

翌朝、両親が出かけた後、耕介はさっそく電話をかけてみた。学校のことをあれこれ聞かれると面倒だなと思ったが、大川と名乗った電話口の女性は、さばさばと対応してくれた。面接は明日土曜日、午後一時三〇分に決まった。

二

耕介の住む吉原駅から花市場のある沼津駅までは、電車に乗って二十分ほどだった。沼津駅で降りるのは久しぶりだ。祖父母に連れられてよく駅前のデパートに来た記憶があるが、もう十年以上も前になる。

南口の改札を出ると、バスターミナルがあり、その周りを商業ビルが囲んでいる。正面には、あの時の西武デパートが建っていた。遠い日々が再び動き始めるような懐かしい風景だった。ここからバスに乗るのは初めてだ。

耕介は、電話口の女性が教えてくれた三番バス乗り場を探した。沼津港行きと書かれたバスに乗って、十五分ほど行けば、生花市場前というバス停に着くという説明だった。

生花市場前で降りたのは、耕介一人だった。小さな看板に道案内が示されていた。潮の香りがする松原の中をしばらく歩くと、あたりが急にひらけ、更地が左右に広がった。大きな水たまりができそうなでこぼこ道の先に、古びた建物が現れた。その後ろには、コンクリートの防波堤が見えている。

三階建ての高さほどある木造の建物は、耕介が生まれるずっと前からここにあったといわんばかりに、近寄りがたい雰囲気を漂わせていた。すっかり色のさめた緑色のシャッターに、かろうじて生花市場の文字が読み取れた。

降ろされたシャッターの脇に、小さなアルミ製のドアが半開きになっている。耕介は、一呼吸ついてから、暗い建物に足を踏み入れた。目が慣れると、黒光りしたコンクリートの床が奥まで続いているのがわかった。奥の方はよく見えないが、すぐ左手に鉄製の階段がある。耕介は、その急な階段に足をかけて、

「すみません」

と声を上げた。とその時、暗がりから急に人が現れた。

「なんか用？　今日は、競り終わったよ」

野球帽を被った小太りのおじさんだった。

「あのー、バイトの面接に来た杉沢……」

名前も言いおわらないうちに、

「履歴書見せてみな。俺、配達専門だから、住所でだいたいわかるからさ」

いきなり切り出され、耕介はあわてて履歴書を出した。

「おにいちゃん、吉原に住んでんだ。朝早いけど、大丈夫か？」

「七時からの仕事だって、電話で聞いたんですが」

「そんなに遅くてどうするよ。ここは花市場だぜ。俺なんか、忙しい時は二時から仕事を始めてるからな」

「え、夜中の二時ですか？」

「そうだよ。忙しい時はな」

野球帽のおじさんはそっけなく答えた。その時、二階から、年配の女性が降りてきた。

「あんちゃん、若い子をからかっちゃだめ」

「からかってなんか、いねえよ。本当の話してんだから」

そう言って、野球帽を取ると、耕介に背を向けて頭をかいた。

「杉沢耕介くんね。面接の相手は、そのおじさんじゃないから、安心して。電話に出た大川よ。さあ、二階で話しましょ」

黒縁めがねに上っ張り姿の大川さんは、耕介の父よりも年上に見えた。電話で聞いたとおり、バイトは七時から。月水金は日給八千円、花荷の少ない火木土は五千円。二週間の短期アルバイト。求人誌に書かれた内容と同じだった。

「当たり前だけど、無断欠勤と遅刻はだめ。すぐ辞めてもらうからね。とにかく休まず二週間やって。しめくくりだから」

そう念を押されて、耕介は採用された。

階段の下には、さっきのおじさんが待っていた。

「どうだ、採用されただろ？　おにいちゃん、しっかりしてそうだからな」

おじさんは、どんぐりまなこをまっすぐに向けて、そう言った。「悪かったな。からかうつもりはなかったんだぜ。俺はほんとに二時から仕事をしているしな。ここに住んでるってこともあるけどな。俺は安藤たかし。よろしくな」

「俺は、いや、ぼくは杉沢耕介です」

「俺でも、ぼくでもどっちでもいい。どうでもいいこと気にすんな。それより、おにいちゃん、花市場初めてか？」

「はい、バイトも初めてです」

そう答えると、あんちゃんはうれしそうに小さく手招きした。

「おお、そうか。ひととおり教えてやるから、ついてきな」

あんちゃんが電気のスイッチを入れると、蛍光灯がパラパラと点灯しはじめた。がらんとした市場の内部は、体育館なみの広さだった。ほとんど窓もなく、薄暗い。

「古い市場だけどな、ここには日本中、いや世界中から、いろんな花や枝ものが集まるんだぜ」

「本当ですか？」

「ああ、おおげさじゃないぜ」

奥に行くほど、ひんやりと冷たい建物だった。そして、一番奥には、野球の内野スタンドのようなひな壇が備えつけられていた。横に長い座席が六、七段、天井の高さまで作られていた。

「こっち、来てみろ」

あんちゃんはそう言って、外の光がそこだけさしこんでいる明るい場所に耕介を導いた。そこには、細長いコンクリートの水槽があり、見慣れない花が何本か水につけられていた。

「これは、カンガルーポーって言ってオーストラリア産。こっちは、フィリピンのラン。これは名前忘れたけど、ヨーロッパの変わり種」

水槽には、さらに大きな木の枝が一本あった。その枝いっぱいに茂る黄緑色の小さな葉は、太陽の光を受けるとまぶしいほどのみずみずしさだった。

「きれいだろ、これは、俺の大好きなナナカマドっていう枝ものさ。市場じゃライデンって呼んでる。こいつは、水が抜けるとすぐ枯れちまうから、必ずここの水につけておかなくちゃいけないんだ。夏はきれいな緑、秋は深紅の紅葉、冬になると、真っ赤な実をつけるんだ。とにかく、この木には気をつかえよ」

まじめな顔でのぞきこまれ、耕介は後ずさりした。

「俺のだじゃれ。わかんなかった？　木に気をつかえってな」

野球帽をかぶりなおすと、あんちゃんは、くるっと背を向けた。

「はい、今日の授業はおしまい」

そう言って、耕介を出口のところまで送ってくれた。

「ところで、お前、今日はどうやってきた？」

「吉原駅から電車に乗って沼津駅、そこからバスに乗ってここまで来ました」

「バス代高かったろ？　もったいないから、駅から走ってこい」

あんちゃんは、そう言うと、ズボンのポケットからメモを取り出し、耳にはさんでいた鉛筆で地図を描いてくれた。

三

月曜日、いよいよバイトが始まった。花市場の正面シャッターは大きく開け放たれ、大型のワンボックスカーが頭をそろえて、横にびっしりと並んでいた。耕介はクルマとクルマのすき間にからだをねじ込んで花市場の中へと入った。

まず驚いたのは、積み上げられたダンボール箱の高さだった。大人の背丈をゆうに超えて、化粧箱がきれいに山積みされている。人一人がやっと通れるようなすき間だけを残してこれでもかというほど積まれていた。沖縄太陽の花、愛知の電照菊、南国の花、九十九里の花、英語か何かで書かれた箱もある。文字を見ているだけで、ずいぶん遠くから運ばれてきたことがうかがえる。

「おはようさん、今日からバイトだって？」

マスクをあごにかけた、ひょろっとした学生風の男の人が耕介のところに来た。

「俺は松田。ひととおり仕事の内容教えるよ」

そう言って、気さくに笑った。大川さんから頼まれて、耕介に仕事を教えることになったそうだ。

こんな時、どんな挨拶で返したらいいものか、とりあえず耕介は軽く頭をさげた。

「君、名前は？」

「杉沢耕介っていいます」

「高校生だって？」

耕介は、また、ちょこんと頭を下げた。

「まず、軍手して。マスクもした方がいいよ」

「あっ、マスクは持ってこなかったです」

松田さんはふうんと言って、首にかけた手ぬぐいを両手でぴんと引っ張った。

「まあ、初日だしね。じゃあ耕介、説明するから、俺についてきて」

マスクをつけながら、そう言って歩き出した。

化粧箱の山をいくつもぬけると、ようやく花市場の奥が見渡せた。天井まで届くほどのひな壇には人がまばらに座っていて、その正面には、銀色ににぶく光るステンレス製の台が設置されていた。

「まず、俺たちの仕事は、競りの準備」

松田さんは、コンクリートの床の上に、すのこを敷き始めた。耕介もおろしたての軍手をはめて、見よう見まねで仕事に取りかかった。

すのこを並べた列がいくつも出来上がった。今度は、ブックエンドを大きくしたような四角い鉄板をすのこの上に置いて間仕切りをした。

「鉄板で間仕切りしたところが、お客さんの場所になるわけ。お客さんが競り落とした花荷を、その場所に積んでいくのが俺たちバイトの仕事。簡単に言っちゃうと、それだけの仕事なんだ」

気が付くと、数字や文字の書かれた木の札を鉄板の間仕切りに差し込む仕事をしている人が二人、三人と増えている。

お客さんの番号は昔から決まっているのだそうだ。一ケタがあったり三ケタがあったり、さらに番号ではなく、片仮名文字が書かれた札もあった。

「今日からバイトの新人さんだな」

「とにかく間違えるなよ」

あちこちから声をかけられるたびに、耕介はちょこっと頭を下げて挨拶した。六、七人いるバイトの中で、自分が一番年下のようだ。真っ白だった軍手はもう汚れ始めていた。

「競りが進んでくると、花荷が山になって番号札が見えなくなっちゃうからね。早めに覚えてね」

そう言って松田さんは耕介の顔を見た。完成した間仕切りの上には、番号札が、なんの規則性もなくばらばらに立てられていた。どこに何番があるのか、とても覚えられそうにない。番号が見えなくなったらどうしたらいいんだろう。耕介は途方もなく不安な気持ちになった。

その時、耕介は背中をぼんとたたかれた。野球帽を被ったあんちゃんだった。

「耕介、がんばれよ。とにかく、慣れ。慣れだからよ」

あんちゃんは、そのひとことを残して立ち去った。すると、松田さんは腕組みしながらにやにや笑った。

「あの人、調子はいいんだけど、肝心のとこでミスするから、頼りにならないんだよ。耕介、時間だ」

松田さんの視線の先には、時代がかった大きな八角時計がかかっていた。ひな壇中央の真上。花市場のどこからでも目に入る大きさだ。

ひな壇には、いつの間にか、お客さんが肩を寄せ合うようにしてびっしり座っていた。こちらからは、一人一人の表情までよく見える。

ひな壇の正面に、台をはさんで、一九〇センチ近いがっしりとした大男が仁王立ちしていた。

「藤堂です。今日一日、よろしくお願いします」

野太い声で挨拶をした。すると、天井から長く垂れ下がった裸電球にパッと光がともり、競り台をまぶしく照らしだした。花市場は、しんと静まり返った。

「では、スプレーのカーネーションから始めます」

競り人の藤堂さんは、真っ白な化粧箱をこじあけた。六〇センチほどに整えられた緑の枝葉の先に、真っ赤なつぼみをいくつもつけた花がどんと競り台に載せられた。その瞬間、ひな壇のあちこちがわっとざわめき立った。

「さあ、いくら。ノーノー、ダリハン、ロンメーロンメー、バン！　はい、五十四番、十六番、九百番」

　競り人の藤堂さんがしゃべる言葉は、耕介にはさっぱり意味がわからない。

「ヤッコヤッコ、ゲタメ！　はい、三十三番、二十四番、百十五番、イセワキ」

　競り台の花は再び、化粧箱にもどされ、半てんを着た市場の社員が太マジックでお客さんの番号を大きく書いている。

「競り落とされた花荷には、マジックでお客さんの番号が書かれるから、その番号の場所へ運ぶんだ。運んだら、また競り台にもどってきて並ぶ。その繰り返し」

　松田さんの説明を聞いている途中で、耕介の順番が来た。

「ダリハンダリハン、セイゴ！　はい、イセワキ」

　耕介は、競り台から送ってきた箱を受け取った。箱の大きさの割に中身は軽い。化粧箱にはイセワキと片仮名でなぐり書きされていた。番号でなかった分、置き場の名札はすぐに見つかった。

　競り台にもどると、耕介の前には、松田さんしか並んでいなかった。

「イセワキさんの場所、わかった？　いっぱい買うお客さんだから覚えておいて。たまに箱がない時もあるから……」

「はい、白菊、チョンブリ！　九百番」

　また、松田さんの説明が途切れた。大きな箱を肩に背負うと松田さんは耕介の方に向き直って、

「とにかく、言われた番号忘れないこと」

と念を押した。

むき出しになった花束が、ステンレス製の競り台の上で、次から次へと競り落とされていく。競り台の横には脚立のように背の高いいすに座った社員が、競りの一切を聞き漏らすまいと真剣な顔で伝票を書いている。

「はい、南国の花、ゲタメ！　百六番」

耕介の目前に、黄色いつぼみをつけた、むき出しの花束がきた。耕介は、その花束をかかえて、番号札を探した。のろのろしていると、競り台にだれもいなくなってしまう。

「おい、お前の何番だ？」

すれ違いざま、無精ひげをはやしたバイトの先輩から急に声をかけられ、頭の中が真っ白になった。

「ええと」

「番号忘れたのか？　おい、大丈夫か？」

あせればあせるほど、番号が出てこない。

「耕介、百六番だよ」

後ろから松田さんが声をかけてくれた。

「あっ、そうだ。百六です」

「目の前にあるだろ、そこ百六番」

無精ひげはそう言い残すと、足早に競り台にもどった。

「耕介、急げ！」

松田さんの声がした。耕介はほっと息をつく間もなく競り台にもどった。競り台で番号を覚え、場所をさがし、また競り台にもどる。耕介は、この作業を延々と繰り返した。それは、松田さんも他のバイトも同じだった。

ひな壇に座ったお客さんが、手を上げたり、声を出したりしながら、合図を送っている。花は一番高い値をつけた人に競り落とされる。藤堂さんが使う暗号みたいな言葉はどうやら値段らしい。何度も何度も花荷をかかえては置き場所をさがすうちに、耕介にもなんとなくわかってきた。

競り落とされるたびに、競り台の周りは、段ボールや新聞紙、ビニールでいっぱいになっていった。さっきまで花をくるんでいたきれいな化粧箱や梱包材も、余分なものは全てゴミになってしまった。

床は、散らかったゴミでもう見えなくなっていた。汗が吹き出し、顔もからだも鼻の中までほこりまみれだ。その上、まじりあった花の香りがあたりに漂い、耕介は気持ちが悪くなりそうだった。花の一本一本はいい香りでも、それが何百、何千とまじりあうと、吐き気がするほどの匂いになった。松田さんの言うとおり、マスクは必需品だな。耕介は納得した。

昼近くなっても、競りは終わらなかった。耕介は、市場を見下ろす八角時計を何度見たかわからない。午後の一時をまわっても競りは終わらなかった。軍手はもちろん、両腕もTシャツもズボンも顔までもが、汗やら土ぼこりやらですすけたようにまっ黒になった。

「おい、バイト生、おにぎり買ってきたから、食いながらやれ」

コンビニの袋をさげたあんちゃんだった。皆、ほこりまみれの中で、おにぎりをほおばりながら働き続けた。

競りが終わったのは、二時すぎだった。それでも昼休みはまだお預けだった。お客さんのトラックに積み込みの手伝いをすると、あんちゃんたち社員は、客の店に配達に出かけていった。

四

バイト二日めの火曜日。昨日の疲れを引きずったせいか、耕介は、寝坊して電車に乗り遅れた。バスはもう発車した後だった。耕介は、あんちゃんが描いてくれた地図を頼りに市場まで走っていくことにした。

市場に駆け込むと、積まれた花荷は驚くほど少なかった。花荷の山で埋め尽くされていた、昨日までの市場とはうってかわって、床があらわになっている。花荷の箱は、奥の一角に、申し訳程度に積まれているだけだった。今日は競りが早く始まっていたのかもしれない。耕介は、あわてて二階の更衣所めがけて急な階段を駆け上がった。

「あと三分だぞ、耕介」

更衣所の奥から出てきたのは、あんちゃんだった。花市場の名前が入った古風な半てんに袖を通しながら、あんちゃんは、耕介の顔をにらんだ。

「遅れたら、罰金な。給料全部もらうからな」

そう言い残して、あんちゃんの後ろ姿が階下に消えた。耕介は、着替えの入ったバックをロッカーに放り込んで、あんちゃんの後を追いかけた。

耕介が競り台に並ぶと同時に、競りが始まった。

「こんなおいしい日に遅刻して、どうするよ」

無精ひげの先輩が、耕介の背中をぽんとたたいた。

「田中さんの言うとおり。花荷を売り切れば、仕事は終わりだ。がんばれば早く終わるし、どんなに早く終わっても、一日分の給料はしっかりとくれる」

松田さんは、競り落とされたカーネーションの箱を二つもかつぎながら、耕介に耳打ちして通り過ぎた。

昨日のような忙しさが毎日続くようなら、とてもこの仕事は続かない。部活で鍛えてきた耕介でもそう考えていた。

「花荷の多い日は八千円、花荷の少ない日でも五千円。新人でもベテランの俺でもおんなじってのは、ちょっとひっかかるけどね」

細井と名のる坊主頭の小柄な先輩が、耕介の首をぎゅっとしめるまねをして笑った。ひな壇のお客さんも昨日の半分ほどだ。競り人の藤堂さんも今日は拍子抜けしているように見えた。

八角時計の太い針が九時半を回ったところで、競りはあっけなく終わった。散らかったゴミの山を手際よく片付ければ、三〇分もかからなそうだ。これで五千円ももらえるかと思うと、耕介も心なしかうきうきしてきた。

「おい、バイト生！」

その時、二階の事務所から大声を張り上げて、あんちゃんが降りてきた。

「今日は、便所掃除やれってよ」

「うっそー、ひでえー」

おおげさなうめき声が上がった。

「五千円もらうのは、楽じゃないってことよ、わかる？」

よれよれになった野球帽を被りなおしながら、あんちゃんが言った。

「いつも、偉そうなんだよな、あんちゃんは」

田中さんは不満そうだ。

「だって、ほれ、俺は正社員だからな」

あんちゃんは、古めかしい半てんのえり元をぴんと伸ばした。そこには、藍色の地に千本生花市場の文字が白抜きに染めぬかれていた。

せっかく終わりだと思っていたのに、ついてない。

「耕介、やるぞ」

松田さんに促されて、耕介はしぶしぶと建物の端の暗がりにあるトイレへと向かった。花市場のトイレは、水の流れるコンクリート製の壁に向かって用を足す古めかしいものだった。小さな手洗い用の蛇口がついているだけで鏡もペーパータオルもついていない。和式の便器が二つあるだけで、男女の区別もなかった。

耕介の足下にゴムホースが、すっと伸びた。そして、田中さんが、勢いよくコンクリートの壁に水をかけ始めた。それに応えて、細井さんが、デッキブラシでゴシゴシと壁を磨き始めた。松田さんはといえば、洗浄液を手際よく便器に向かってまいている。それぞれがもくもくと自分の持ち場で働き始めた。トイレのいやなアンモニア臭は、たちどころに清潔感のある洗浄剤の匂いに変わった。

「耕介、どんどん片付けるぞ。さあ、あれを補充して」

松田さんが、トイレットペーパーの箱を指さした。

「いいよ、それは田中さんがやるから、お前は俺を手伝え」

耕介の手にゴム手袋とぞうきんを手渡すと、細井さんは、大便器を拭き始めた。

「ああっ、はい」

便器を手で拭いたことなどなかった耕介だった。最初は抵抗があった。しかし、見よう見まねで便器を拭いてみると、自分でも意外だったが、汚いと思っていたものを自分の力できれいにできたことに、わずかだが快感を感じた。

五

三日目の水曜日。花市場は月曜日にもまして花荷が山積みになっていた。すのこを敷いて競りの準備をしながら、今日一日の仕事の大変さが耕介にも予想できた。

案の定、二時を過ぎても、競りは終わらなかった。化粧箱の山はまだまだ残っていた。

「チョンメ、チョンブリ、ヤッコ！　二十三番、九百番」

競り人の藤堂さんの声に疲れは感じられなかった。しかし、市場の仕事に慣れているはずのバイトでさえ、無口になっていた。耕介はもちろんぐったり疲れていた。

二時半を過ぎた頃だった。市場の入り口がにわかに騒がしくなった。

「おい見ろよ、ゴテンバのおやじだ」

松田さんの声で市場の玄関口に目をやると、ずんぐりとした人影が浮かび上がり、自分の背丈よりも高い木の枝をひきずりながら、こちらに近づいてくるのが見えた。同時に動物のような強烈な匂いが鼻をついた。

ずるずると歩いてきたのは、黒い固まりのような、おじいさんだった。鋭い目つきで脇目もふらず、競り台をめざして歩いていく。着古した野良着のえりは油で光り、継ぎ当てをしたぼろぼろのズボンにゴム長靴という姿。薄汚れたてぬぐいをほおかむりして、耕介をはじめ居並ぶバイトの面々には目もくれずに、口を真一文字に結んで一歩一歩進み出ると、競り台の手前で立ち止まった。藤堂さんは、おじいさんから渡された大きな枝ものを軽々と受け取った。そして、その枝ものを競り台にどすんと載せると、ひな壇に向かって声を上げた。

「はい、ライデンだよ。いくら？」

ひな壇はしんと静まりかえってしまった。競り台に載せられた、その木は、大きく広がった枝っぷりこそみごとだが葉っぱがしおれているように見えた。

「さあ、どうだい、だれか。リヤカーで一日かけて来てるんだぜ。だれか、買ってくれないか」

藤堂さんは、このおじいさんのことをよく知っているのかもしれない。こんなふうに競りをするのは初めてだったからだ。

「五百円、だめか」

ひな壇からは何の反応もない。それどころか、バイトたちがぶしつけに騒ぎ出した。

「おい、早くしてくれよ。そんな枝もの売れるわけないだろ。臭いから帰った、帰った」

耕介はなんだか居心地が悪くなってきた。気が付くと、ポケットの中の五百円玉を握りしめていた。

藤堂さんは競り台から枝をおろしかけた、その時だった。

「オレのとこにつけときな」

ひな壇から声が上がった。声の主は白いあごひげをたくわえた、気難しそうな老人だった。

「はい、イセワキ」

藤堂さんは、いつもの口ぶりにもどった。

「そんなことしてちゃ、もうからんぞ」

九百番の声が響いて、ひな壇はどっと笑いにつつまれた。その様子を見届けると、おじいさんは姿を消した。

しばらくして競りは終わった。

「さっきのじいさん、変わってるだろ。ゴテンバって呼ばれていて、この市場じゃ有名なんだよ。昔からリヤカーひいて、枝ものを売りに来ているらしくて。時間のムダだし、あの匂いも勘弁だよな」

ムシロで作った大きなゴミ入れに、今日一日のゴミをまとめながら松田さんが教えてくれた。

八角時計は四時近くになっていた。見渡せば、今朝がたは山のように積み上げられていた花荷が、うそのようにすっきりと片付き、市場は、ようやくもとのがらんどうにもどっていた。


「耕介、これ、一つ持っていくか？」

帰り際、耕介はあんちゃんに呼び止められた。花市場の半てんを着たあんちゃんは、台車のわきで花束を小分けにしていた。

「えっ、いいんですか？　そんなにきれいな花束」

耕介は、思わず聞き返した。

「どうせ、捨てちゃうんだ」

あんちゃんによると、市場で満開になっている花は、花屋の店頭に出た時には、満開を過ぎて商品価値はゼロになる。売れない花は、きっぱりと捨てるらしい。

「お前んちで飾れ。水切りしておいたから、十分楽しめるからよ」

信じられないほどきれいなオレンジ色のバラが十本以上ある。お礼を言って、耕介は花束を受け取った。人から花をもらうなんて、初めてのことだった。

帰り道、耕介はバスを使わずに沼津駅まで歩いた。あんちゃんが教えてくれた道だ。蛇松緑道《じゃまつりょくどう》といって、昔は、線路だったらしい。今ではところどころ、花壇やベンチが置かれ、車通りも気にせずに歩ける静かな小道になっている。

今日がバイト三日目だった。今日辞めれば、ちょうど三日坊主だ。しかし、耕介は、明日もこの道を歩きたい気持ちになっていた。バラからたちのぼるこの甘い香りのせいなのかもしれない。そんな気がした。

六

バイトを始めてから六日たった土曜日。

耕介は、この日、生まれて初めて給料というものを手にした。封筒をあけると、真新しいお札の匂いがした。

「バイト生、ピン札で手を切るなよ」

あんちゃんがにこにこしながらやってきた。万札が三枚、千円札も数枚、しわ一つなかった。

「こんなにもらっちゃっていいんですか」

「当たり前だろ。苦労して自分で稼いだ金だもんな」

いつもは冗談ばかり言っているあんちゃんが、真顔でうなずいてくれたので、耕介は意外な感じがした。

「今月いっぱいで、この花市場がなくなっちゃうだなんて、信じられないですよ」

松田さんが言った。その言葉に耕介は驚いた。

「なくなっちゃうんですか？」

「えっ、お前、知らなかったの？」

松田さんがあきれたように耕介を見た。

「昭和の時代とともに消えちゃう運命なのさ」

「そう言えば、二週間だけのアルバイトだって、大川さんに言われたんです」

「せっかく、おいしい仕事だったのにな」

「平成になったのに、また相変わらずの職探しか」

給料袋を手にした細井さんは、そう言い残して帰っていった。

「お先に！　俺も次の仕事探しだ」

着替えをすませた田中さんも足早に市場を出て行った。

その日の夜。

「耕ちゃん、真理奈先生から電話」

母が受話器を押さえながら耕介を呼んだ。

「えっ」

両手でバツを作り、その場から急いで立ち去ろうとした耕介は、風呂から上がってきた父とはちあわせをした。

「自力でやらなきゃならないこともあるぞ」

父は、そう言ったまま動かない。

「さあ、早くしなさい」

眉間にしわを寄せて受話器を突き付けてくる母。仕方なく受話器を受け取ると、真理奈先生の甲高い声が耕介の耳に飛び込んできた。

「耕介君ね、どう、元気にしてる？」

「べつに、いつもと同じです」

耕介は、ぼそぼそと答えた。

「そう。でも、ちょっと安心した。終業式の日、来なかったでしょ。夏休みに入っちゃったし、大丈夫かなあと思って電話してみたの」

真理奈先生は、部活のことには触れず、一語一語言葉を選ぶように話し始めた。

「夏休みは、耕介君、一日、何してるの。家のお仕事、手伝っているのかなと思ったんだけど、お母さんにお尋ねしたら、それはないっておっしゃっていたから。朝早くから、何かがんばっていることでもあるの？」

「えっ」

耕介は、息をのみ込んだ。

「クラスの女子がね、夏休みなのに、早朝の電車に乗っている耕介君を見かけたって言ってたから」

学校に無許可のアルバイトは、禁止されている。耕介は身構えた。

「ともかく一度、学校に来ない？　終業式に渡せなかったプリントもあるし。明日の日曜日だけど、私、模試の試験監督があって学校にいるのよ」


久しぶりの学校だった。夏休みで、しかも日曜日の午後だというのに、学校には思ったよりも人がいた。真理奈先生のいる三階の教科準備室に着く前に何人もの生徒を見かけた。

耕介の通う学校は、地元ではそこそこ評判のいい県立高校だ。うちみたいな自営業は大変。大学を出て勤め人になるか、地元の公務員になるのが一番。そんな母の口ぐせを聞かされて育った耕介だった。しかし、中学での成績を考えると、耕介には少しハードルの高い高校だった。

そこで、得意のサッカーを活かして、スポーツ推薦枠で受験し運よく合格できた。しかし、もともと勉強は好きではない。授業は難しいし、進度も早い。入学して一年たった時には、赤点の常連になってしまった。それでも、なんとか二年に進級できた矢先、試合でケガをしてしまった。

「ここで無理は禁物だぞ。休む時はしっかりと休む。さもないと、治らないどころか、くせになってしまうぞ」

試合後、監督にそう言われた。はじめての肉離れだった。しばらく部活を休んでから、少しずつリハビリをすれば大丈夫だ。そう言ってもくれた。しかし、その言いつけを耕介は守らなかった。いつもどおり、自主練を続けた。自分のからだを過信していたし、五月には県予選がある。自分の代わりはいないという気持ちもあった。だから、足が痛くなりそうな時は、痛み止めの薬を飲んだ。そうやって、だましだまし練習を重ねた。

しかし、二度目の肉離れに襲われた後で、あの一件があった。

「五月の県予選では、杉沢はスタメンからはずす」

「何でですか？　意味わかんないです。足も治したし、俺の力見てください」

耕介の言葉を最後まで聞かず、監督は、耕介に向かって期待はずれだったと、言い放ったのだ。

「オッス、耕介君、来たね！」

ふいに後ろから声をかけられた。小さなダンボール箱をかかえた担任の真理奈先生だった。耕介はとっさに、準備室の扉を開けて、先生を通した。

「え、何、耕介君、そんなに気の利く人だっけ？」

久しぶりに会った先生は、耕介の顔をまじまじと見てほほえんだ。

「これ全部、耕介君用のプリントやら返却物だからね」

真理奈先生は、机の脇の丸いすに耕介を座らせると、一つ一つ、説明をしてくれた。アルバイトの話で問い詰められることを覚悟していた耕介はほっとした。

「どう？　二学期からがんばれそう？」

ひととおり話を終えた真理奈先生が、心配そうに耕介の顔を見た。

「何か話したいことない？」

先生はさっきからずっと目を離そうとしない。耕介は、息がつまりそうになって思わず立ち上がった。そして、「特にないです」とだけ答えると、学校を後にした。

七

「バイト生、ちょっとこっちへ集まれ」

枝ものをつけておく水槽のところから、藤堂さんの太い声が響き渡った。いち早く反応した松田さんの後を追って、耕介もあわてて走り寄った。

「だれだ、この枝ものをここに置いたままにしたやつは？」

がっしりとした藤堂さんの腕に枝ものが弱々しくもたれかかっていた。よく見ると、白い花のふさはしおれ、葉っぱも芽も干からびて丸まっている。

「ライデンは水につけておかないと、すぐに枯れるから、気を付けろとあれほど言ってただろ」

藤堂さんのどすの聞いた声は、うだるほどの暑さを忘れさせるほどだった。

「自分がやったのかどうかも覚えてねえのか？」

藤堂さんの鋭いまなざしが、集まったバイト全員の顔をにらみつけた。耕介は、はっと息をのんだ。この枝ものを運んだのは自分だ。競りの途中で、お客さんから頼まれて、確かに水槽につけたものだ。

「俺です。水槽につけました。でも、そんな風に枯れてなかったです」

全員の視線が耕介に集まった。

「お前、よく見たのか、水槽の水がぬけてたんだよ」

藤堂さんにそう言われて、耕介はとっさに答えた。

「水がぬけていたなんて知りませんでした。それに、水をぬいたのは俺じゃありません。俺がお客さんから頼まれたのは、水槽に運ぶことだけだったんです」

「お前、馬鹿か！」

ライデンをかかえた藤堂さんが、あきれた表情で耕介に言った。沈黙がしばらく続いた。隣りに立っていた事務の大川さんが、見かねたように口を開いた。

「水槽の栓がはずれることはよくあることなの。水槽につける時には、水が張ってあるかどうかくらい、確認しないとね」

耕介は、自分が責められていることに納得ができなかった。俺のせいじゃないだろ。俺は言われたことをやっただけなんだから。俺は何にも悪くない。

しかし、ここに集まっているバイトの先輩たちはだれ一人、耕介をかばってくれなかった。

「仕方ないね。今日のところは事務所でかぶるけど、今度やったら、承知しないからね。次から気を付けておくれよ」

大川さんはそう言い残して、二階にもどりかけた。

「申し訳ありませんでした」

突然、あんちゃんのすっとんきょうな声が花市場に響き渡った。すると、藤堂さんも大川さんに深々と頭を下げた。そして、バイト全員に諭すように、こう言った。

「いいか、花市場は命をあつかってるんだよ。枝ものも花も、モノじゃねえ。水がなければ枯れちまう。だれがやったかということが問題じゃなくてな、気が付いたやつがすぐに水につけろって話だ。俺は、お前たちバイトに、プロの仕事やれなんて期待してるわけじゃない。ただな、自分の持ち場に少しはプロ意識もってみろ。言われたことだけやるのが仕事じゃねえぞ。何が大事か考えて動け！」

藤堂さんの言葉に、バイト一同が頭をさげた。耕介も小さくお辞儀をした。

八

二週目の火曜日。花荷は少なく、競りは十時前に終わった。ひな壇をはき掃除していた耕介は、ベンチの上に忘れ物の雑誌が置いてあることに気付いた。

手に取ってみると、それは、女性のヌード雑誌だった。ぺらぺらとページをめくっていると、すぐ近くから声をかけられた。

「そんなに面白い記事が載ってた？」

あわてて雑誌を閉じると、ひな壇のすぐ脇に女の人が立っていた。気が付かなかったが、一部始終を見られていたに違いない。耕介は困って、その雑誌をもとの位置にもどした。

「私も見ちゃおうかな」

女の人はそう言って、腰をかがめて手を伸ばした。その瞬間、エプロンをつけたＴシャツの胸元が開いて、豊かなバストから少し派手な感じのブラジャーの模様まで丸見えになってしまった。

「あっ」

耕介は、とっさに目をそむけ、思わず雑誌を拾い上げていた。

「耕介、エロ本好きだろ。いつものように、もらっとけ」

一緒に掃除をしていた細井さんがちゃかした。

「何言ってんですか。こんな雑誌もらったことないっすよ」

そう反論したものの、耕介は心の中を見透かされたようで、顔から火が出るほど恥ずかしくなった。

「あらあ、そうだったの」

女の人は、あきれたようにくすっと笑って通り過ぎ、事務所へ歩いて行った。ひな壇のお客さんで若い女の人を見たのはこれが初めてのことだった。


「いい加減にしろよ、昨日の注文忘れただろ」

突然、休憩室の方から怒鳴り声が聞こえてきた。

「すんません、今度は気を付けます」

あんちゃんの声だ。耕介は、思わず足を止めた。

「今度、今度って。あんちゃんはいつもそうだからな」

「すんません。とりあえず、六箱は集めましたから」

「仕方ない。今日はそれだけもらって、あした、残りの四箱頼んだぞ」

耕介は聞かなかったふりをして、知らん顔で通り過ぎようとした。すると、あんちゃんに呼び止められた。

「耕介、わりーな、手伝ってくれるか」

耕介は、ふんぞり返って、いすに座っているお客さんにちょこんと挨拶した。背広を着た肩幅の広い男の人だった。

「おい、新顔、ちょうどいい、あそこにある花荷を全部、トラックに積んでくれや」

「あっ、はい」

耕介は一目見てわかった。それは、九百番の客だった。花市場ではめずらしく、暑い日でも黒っぽい背広を着て、ネクタイまでしている。いつも山ほどの花荷を競り落としていく。競り落とすのは、バイト泣かせの三〇〇本入り白菊の箱が中心だった。

「耕介、あのトラックまで運んでくれ」

あんちゃんがそう言って、担ぎ上げたのは、その白菊だった。しかも二箱もいっぺんに。

「若いの、無理しなくていいぜ、腰痛めるからな」

そう言って、九百番は、三箱同時に担ぎ上げた。耕介よりも小柄だが、すごい貫禄だ。残りの一箱を担いで耕介は後に続いた。背広から独特の匂いが漂ってくる。開け放たれたワンボックスの荷台には、施主とか喪主と書かれたプレートが雑然と置かれていた。クルマの中にはお線香の匂いが立ち込めていた。いつも背広を着て、白菊ばかりを競り落とす。九百番は、葬儀屋だ。耕介はようやく気が付いた。

「おい、あんちゃん、この菊、まさか痛んじゃいないだろうな」

「痛んでるものなんか、出しませんよ」

あんちゃんは即座に答えた。九百番は、花荷をあけて確認すると、納得したようにうなずいた。

「大丈夫そうだ」

そして、背広のポケットから取り出した煙草に火をつけると、

「そういえば、ゴテンバのおやじ、相変わらずリヤカーひいて市場に来てるんだな。この間も夜通しかけて、御殿場から来たんだろ？」

そう言って、クルマの荷台に腰かけた。

「はい、昔から相変わらずです。国道で裾野を通って沼津、東海道線のガードをくぐって、ここ千本の花市場まで。帰りもまた同じ道を通って御殿場まで」

あんちゃんが答えた。耕介は、ゴテンバさんが来た日のことをはっきりと覚えている。厳しい目つき、真一文字に結んだ口もと。しばらくお風呂も入っていないような、鼻をつく匂い。

「あのおやじがリヤカーをひいてる道っていやあ、昔、米軍の戦車が通った道だ」

九百番が吐いた煙が、雲のように上がっていった。

「そういえば、イセワキさんの店の前もキャタピラがガリガリ音をたてて通ってったって聞いたことがあります」

耕介は突っ立ったまま、二人のやりとりを聞いていた。

「地所を取り上げられたんだから、国からきっちりと金をもらって、楽隠居すりゃあ、いいのによ」

九百番は、携帯用の吸い殻入れをポケットから取り出すと、慣れた手つきで吸い殻を片付けた。

「ゴテンバのライデンっていえば、昔はいい枝ものの代名詞だってことは知ってるよ。でもな、俺も

ボランティアで仕事やってるわけじゃねえからな」

「すんません。よくわかります」

あんちゃんは、野球帽をとって、深々とお辞儀をした。

「どうか、また、お願いします」

あんちゃんの言葉を背中で聞きながら、九百番のクルマは、短いクラクションを一つ鳴らして出て行った。

九

「これから用事でもあるのか？」

あんちゃんは野球帽をうちわのようにあおぎながら耕介を見た。何にもないですと首をふると、

「俺んとこ、ちょっくら寄ってけるか？」

耕介の返事も聞かずに、二階へ上がっていった。

「狭いけど、まあ入れや」

あんちゃんが更衣所の奥に住み込みをしていることは知っていたが、部屋に入るのは初めてだった。あんちゃんがドアを開けると、八畳くらいある涼しげな板張りの部屋に二段ベッドが二つ並んでいるのが見えた。

「以前は住み込み仲間もいたんだが、所帯をもったり、仕事を辞めたりで、結局俺だけになってな」

あんちゃんは部屋の隅から、座布団を取り出し、扇風機のスイッチを入れた。そして、小さな冷蔵庫をあけ、冷えた水まんじゅうをぽんと投げてよこした。

「まあ、その辺に座って食え」

耕介はちょんと頭をさげてベッドのふちに腰かけた。そして、部屋の中をぐるっと見回した。扇風機の首がカタカタと音をたてて、日焼けしたレースのカーテンをゆらしている。

「ゴテンバさんは、どうしてクルマで運ばないんですか？」

耕介は、九百番の前では聞けなかったことを尋ねてみた。

「こっちのアドバイスはちっとも聞かないんだ。自分のやり方で何とかするって言ってな、自動車免許も取らないし、あそこまでがんこじゃ、仕方ないだろ」

苦り切った顔で笑った。

耕介は、ひんやりと甘い水まんじゅうをほおばりながら、ふと、入り口のドアのすぐ上に、何かの写真がかけられていることに気付いた。木枠のパネルに張られた古めかしい白黒写真だ。耕介は立ち上がり、近づいてその写真を見た。色こそわからないが、そこには、生い茂る木々と、金網の向こうに大きな山の頂が写っていた。

「これ、富士山ですよね」

耕介がそう言うと、あんちゃんも近づいてきて、写真を見上げて、うなずいた。

「近くに住んでたけど、俺の家族はだれも富士山のてっぺんまで登ったことはなくてな」

「俺もないです」

「じゃあ、ここに写っている木は何だかわかんねえだろ？」

耕介にどんぐりまなこを向けて、聞いてきた。耕介は、もう一度写真を見た。

「もしかしてナナカマドですか？」

すると、あんちゃんは目を細めて何度もうなずいた。

「正解。市場の仕事、合格だ」

そう言って、少しの間、黙り込んだ。

「ガキの頃からよく遊んだ俺んちの庭みたいなとこだ。ナナカマドが群生しててな。ナナカマドの庭って呼んでた」

富士山のすそ野にある小さな村には、入会地といって、村人みんなが自分の裏庭のように使っている森があった。そこで、村人は薪を拾い、炭を焼き、畑仕事をしたりした。子どもは、木登りやかくれんぼ、蝉やクワガタを捕って、日が暮れるまで遊んだそうだ。

「この金網の向こうは、米軍基地でな。ズドオン、ズドオンて、まるで雷が落ちたみたいな音でよ」

ところが、その森が米軍の演習場に変わると、村人が立ち入れないように、金網のフェンスが張り巡らされ、砲弾の破裂する爆発音が、ひっきりなしに続くようになった。森は穴ぼこだらけ、炭焼き小屋も、畑も、草刈り場もフェンスの中にそのまま取り残されたという。

「鳥も動物もぐっと減って、枯れちまった木もあったな」

ある日、村のだれかが内緒で金網フェンスのはしに穴をあけたそうだ。

「その破れ穴から中に入ってよ。たま拾いするわけさ」

「たま拾い？」

「そう。砲弾の殻を拾うのさ」

あんちゃんは、壁に掛けられた写真パネルをじっと見た。

「鉄くず屋がやってきて、結構いい値で買い取ってくれるんだ。炭や野菜なんかよりもずっと高い値でな。だから、村のもんは、穴をくぐって、鉄くずを拾ってくる。ズドオン、ズドオンて、おとましいな。あの音は」

一人言のようにつぶやくと、あんちゃんは、急に耕介に顔を向けた。

「お前んとこは、おふくろさん元気か？」

急に家族の話になって、耕介は面食らった。

「いつまでもあると思うな、親とカネってな。両方とも急になくなっちまうことがあるからよ、あんまり頼りにし過ぎるな」

あんちゃんは、冷蔵庫から箱を取り出すと、

「これも家の人に持ってけ」

そう言って、残りの水まんじゅうをビニール袋に入れてくれた。

十

「ダリハン、ダリハン、ロンメー、ロンメー、九百番、十六番、四十二番」

競りは、活気に満ちていて、花市場が今日で終わりになるなんて、耕介にはとても信じられなかった。最初は、バラバラに置かれているように見えた番号札も、慣れてくると、その日来るお客さんに合わせて、花荷が置きやすくなるように並べていることがわかった。トイレの掃除にしても、これで最後だと思うと、便器を拭く手に力が入った。

正面の八角時計が一時をまわった頃、最後の競りが終わった。

「まったく、あんちゃんたら、夜中に急に引っ越したらしいんだよ」

大川さんが藤堂さんに話しているのが、ゴミを片付ける耕介たちにも聞こえてきた。

「それで、あんちゃん、いないのか。最後はみんなそろって終わりたかったよ」

細井さんは、めずらしくまじめだ。

「何も言わずに引っ越すなんて、ちょっと冷たいよな」

田中さんがぼやくと、松田さんはマスクをはずして、田中さんに言った。

「きっと、新しい仕事が見つかったんですよ、仕方ないって」

何も言わずにいなくなるなんて、あんちゃんらしくない。耕介は心配になった。

そこへ、大川さんがやって来た。

「下のゴミが片付いたら、今日は、二階の奥の部屋も掃除を頼むよ」

二階に上がると、部屋のドアは開け放たれていた。ちゃぶ台も冷蔵庫も扇風機も何もかもなくなっていた。残っているのは二つある二段ベッドだけだ。

掃除はすぐに終わった。階段を降りると、テーブルの上に、写真パネルが置かれていた。あんちゃんの部屋に掛けられていたものだ。

なんでこんなところにあるのだろう。耕介は、そのパネルを持って大川さんを探した。

「これ、安藤さんのですよね」

「ああ、やっぱりそうなの。ベッドの上に置きっぱなしだったから」

大川さんが言った。

「おい、杉沢、ちょっと来い」

藤堂さんに呼ばれた。

「あんちゃん、今日休みでな。代わりに俺が配達に行くんだが、お前も来い」

周りにいたバイトたちがいっせいに耕介を見た。配達は、バイトにはやらせない仕事だったから、みんなが驚いた。

「藤堂さんのご指名なんて、そうそうないぜ」

「これで、どこへ行っても通用するな」

田中さんや細井さんも寄ってきた。

「耕介、最後の最後になって出世したな」

松田さんは、自分のことのようにうれしそうな顔で笑った。

すると、藤堂さんは一喝した。

「ごちゃごちゃ無駄話してないで、お前らはゴミの片付けをさっさとやれ。杉沢はすぐトラックに乗れ」

「藤堂さん、ちょうどいい。この写真、配達のついでにイセワキさんに渡してくれない。そうすれば、あんちゃんのところに届くはずだから」

大川さんはあんちゃんの写真を紙袋に入れると、耕介に持たせた。

藤堂さんの運転する市場のトラックは、ビルの立ち並ぶ沼津の目抜き通りで停まった。

「あそこだ」

藤堂さんの指さす先に、ビルにはさまれた木造二階建ての店が建っている。イセワキ花店と書かれた看板が掛かっていた。コンクリートの町並の中で、そこだけぽっかりと破れ穴があいたように、花と緑があふれている。

耕介はクルマの花荷をおろして、藤堂さんの後に続いた。

「舞衣ちゃん、こんちは」

店先で大きな枝ものに水をあげていた店員がふり返った。

「あっ」

耕介は、思わず下を向いた。耕介がエロ本を拾って見ていた時に声をかけてきた、あの女性だった。

「こんにちは、藤堂さん、耕介くん」

名前まで覚えられたのか。耕介はぎこちなく会釈をした。

「なんだ、舞衣ちゃん、杉沢のこと知ってたの？」

「ええ、熱心にお掃除していたから、声をかけたことがあって」

女性がいたずらっぽく笑ったので、耕介は目をそらした。

「イセワキの旦那さんは留守？」

藤堂さんが問いかけると、

「はい、おじいちゃん、病院へお見舞いに行ったけど、もうすぐ帰ると思う」

おじいちゃん……。耕介は、舞衣さんが、イセワキさんの孫だったことをこの時知った。

「病院って、あんちゃんのお父さんのとこ？」

「そう。ゴテンバさんが事故にあったって聞いて」

耕介は驚きのあまり、藤堂さんと舞衣さんの顔を交互に見た。

舞衣さんの話では、雨の降り出した、まだ暗い国道で、リヤカーごと大きなトラックにはねとばされたということだった。

「ゴテンバさんって、あんちゃんのお父さんなんですか？」

「ああ、そうだ」

藤堂さんは、競りの時とは違って、穏やかな口ぶりだった。

「ただいま」

そこへ白ひげをたくわえたイセワキの旦那さんが帰ってきた。

「おじいちゃん、どうだった？」

舞衣さんが歩み寄って尋ねた。

「命に別状はなさそうだ。ただ、しばらく入院だな。でも考えてみると、ちょっと休んだ方がいいのかもしれんな。あんちゃんもしばらく、付き添っていられるし」

イセワキさんの話を聞いて、藤堂さんも安心したようだった。

「杉沢、あんちゃんの写真持ってこい」

耕介は、トラックから写真を取ってくると、イセワキさんに渡した。

「安藤さんが大事にしていた写真なんだと思います」

イセワキさんは、じっと写真を見つめている。なんだか悲しそうだった。

「何の写真？　おじいちゃん知ってるの？」

舞衣さんが声をかけると、イセワキさんは我に返ったようにつぶやいた。

「ナナカマドの庭だな。いろんな思い出がつまった場所だ」

イセワキさんの口からその言葉を聞いて、耕介は、びっくりした。イセワキさんは、あごひげをさわりながら、ぽつりと続けた。

「あんちゃんのお母さん、たま拾いの不発弾で亡くなってるんだよ」

「そんなことって……」

耕介がつぶやくと、舞衣さんは、耕介の肩にそっと手を置いた。


配達を終えて花市場にもどると、片付けはすっかり終わっていて、花市場はがらんどうだった。バイトたちも帰った後だった。耕介は、二階の更衣所で着替えを済ませると、ぐるっと花市場の中を歩いた。そして、水槽の前に立った。あんちゃんがここで説明してくれたことが、ずっと昔のことのように思えた。

「杉沢！」

事務室の階段から、藤堂さんの声が響いた。

「俺たちは二階で仕事があるから、お前、帰る時に、一階の蛍光灯を消してってくれ」

「わかりました。お世話になりました」

耕介の口から、自然とそんな言葉が出た。

パチン、パチン、パチン……。耕介は、一つ一つ、ていねいにスイッチを押した。舞台の照明が消えていくようだった。

そして、花市場を去る前に、八角時計に向かって、深々とお辞儀をした。

九月最初の月曜日。今日から二学期が始まる。耕介は、バイトの時と同じように朝五時に起きた。そして、自転車にまたがると、学校とは正反対の方向にペダルをこぎだした。国道をぬけ、踏切を渡り、田子の浦の海浜公園まで来た。風のない静かな上空を鳥たちが思い思いに羽ばたいている。ここから見る富士は格別だ。赤茶けた頂が空に突き出て、大きく長い裾野が広がっている。

耕介は、久しぶりに着る開襟シャツの胸ポケットから一枚のハガキを取り出した。

「残暑お見舞い申し上げます。俺はここに来たぞ。お前もいつか来い！」

ハガキには下手くそなあんちゃんの字。そして、消印は、赤茶色のさめたインクで富士山頂と押されていた。

耕介は、富士を見つめて大きく深呼吸をした。まずは学校までの坂を登り切ろう。自転車のハンドルをぎゅっと握りしめた。

優秀賞（随筆）

ボンネットバスと走《はし》った天城峠《あまぎとうげ》

（乗《の》り合《あ》いバスの変遷《へんせん》）

多賀《たが》 多津子《たづこ》

二月二日は「バスガールの日」だという。一九一三年（大正二年）に東京のバス会社が、初めて女性の乗務員を「車掌」として登用したことに由来するらしい。

深山といわれる伊豆の天城路を、乗り合いバスが初めて走行したのはその三年後で、写真に残る車両は現在のジープのような型であるため、定員は十人に満たなかったのではないだろうか。

天城路は今こそ新道が整備され、ループ橋という見事な螺旋状の高架橋も名所になっているが、旧道の峠に現存する「天城隧道」と呼ばれる四百四十メートル余のトンネルは、天井も壁も全て堅牢な石造りの姿を保っているため、「石造道路隧道」として国の重要文化財に認定されている。

私は一九五三年（昭和二十八年）に、十五歳で伊豆半島全域に路線を持つバス会社に車掌として就職し、以来五年あまりを天城七里と呼ばれる昔ながらの道を、ボンネット型のバスで幾度となく往復をしたのである。

〝紺の制服身につけて……〟と歌謡曲にも歌われるほど親しまれた職業ながら、その姿や実態を知る人は歳月とともに少なくなってしまった。

私たちも紺の上着に同色のスカートと帽子、腕には赤地に白抜きの文字で「車掌」と記された腕章を巻いていた。

上着の白い衿《えり》布《ふ》はおしゃれのポイントでもあったことから、仲間たちは洗濯を済ませたそれを糊付けし、窓ガラスに貼り付けて仕上げていたので、寮のガラス窓はたくさんの白い花が咲いているように見えるのであった。

車掌の主な業務は、車内での乗車券の発売である。革製の大きな黒い鞄を肩から提げて「どちらまでですか」と聞いては切符に鋏を入れ、近付く停留所にも気を配る。

切符を切りながら、

「次は○○でございます。お降りの方はありませんか？」

と車内を見回し、

「次願います（停車）」

「次オーライ（通過）」

と運転手に告げる。

接客中であっても他の車とすれ違う時や道幅の狭い場所に差しかかると、素早くドアの窓からタイヤの位置を確認し、

「オーライ、オーライ。ストップ！」

などと安全確認の声をあげ、それらが済むと定位置であるステップと呼ばれる場所へ戻る。ステップは床から一段下がった乗降口で、停留所でドアを開閉する際の待機位置でもあった。降りる客には切符を受け取りながら、

「ありがとうございました」

と告げ、乗り込む客には、

「お待たせしました。○○行きでございます」

と言うのだが、それが独特のイントネーションであったことから、子供の頃はよく〈車掌さんごっこ〉として真似をしていた。

そんな日常の中で特筆しなければならないのは、私たち車掌は同業他社には見られない業務を担っていたことである。

それは乗り合いバスではありながら、名所や旧跡に差しかかると、手にしていた切符やパンチ（鋏）を鞄に仕舞ってマイクを握り、ガイドに早変わりすることであった。

「天城七里の山道も、登り登っていよいよ峠のトンネルでございます」

このように乗り合いバスでありながらガイドも兼ねていたので、地元の人でバスを頻繁に利用している乗客のなかにはガイドのセリフを覚えてしまい、新米の車掌がトチると、小声で教えてくれるという笑えない場面にも遭遇するのであった。

しかし旧型のボンネットバスにはマイクが設置されていない車両もあり、そのような時はエンジン音に負けないように、肉声を張り上げての乗務であった。

因みに日本で最初にバスガイドを誕生させたのは、大分県のバス会社であったといわれているが、私が勤めた会社も、その数年後には乗り合いバスである車掌に、本来の仕事に併せてガイドを務めさせたと伝えられるため、当時としては先進的であったのかもしれない。

私が入社をする数年前までは、戦争による物資不足からガソリンが欠乏し、バスやトラックは〈木炭車〉が主流で、一時は〈草炭《そうたん》〉と呼ばれ、海藻を乾燥させて炭の粉に混ぜ、団子状にした燃料を使用していたと先輩が教えてくれた。

木炭は当然ながら燃費が弱く、特に天城路などの山道では途中で炭を何度も補給しながらの走行で、運転手も車掌も炭の粉と煙で真っ黒になっての乗務であったという。そんな現場で働いた先輩たちからは、

「あなたたちは木炭や草炭ではなくてガソリン車だから幸せよ」

とよく言われるのであった。

先輩の弁によると、草炭の燃費は木炭の比ではないうえに、燃えカスが釜の中に大量に残るため、それを掻き出しては補給を繰り返す作業に追われての走行で、時速は十キロに満たなかったのではないかとの事であった。自転車とさほど変わらない速度ながら、それでも〈自動車〉としての役目を果たしていたようだ。

私は終戦間近の六歳の頃、家族で木炭車に乗ったのである。しかもそれはバスではなく〈乗り合いトラック〉であった。

東京で父母と四人の姉妹で暮らしていた我が家は、父の病が悪化の一途を辿るばかりであった事から、戦禍を逃れての転地療養から、奥伊豆の父の生家へ疎開をしたのである。

東京駅から乗り込んだ電車は二度の空襲に遭いながらも、なんとか一日がかりで伊東駅へ着き、一

泊した宿を早朝に出て南伊豆行きのバス乗り場へ並んだのだが、バスは一向に現れなかった。

「歩くしかないだろう」

咳込みながら言う父の声が切なかったが、どれくらい歩くのかも判らず、不安を抱きながら覚悟を決めたとき、砂埃を上げてやって来たのが、木炭車の乗り合いトラックであった。

説明するまでもないが客席は荷台で、乗り降りの際は車掌役の初老の男性が梯子を掛けてそれを助ける。

「ぼやぼやするなっ」

「早く乗れ！」

怒鳴り合う声は、乗れるだけでも幸運であるからだ。

妹の手を引く私は父と母に追い立てられながら、必死に梯子を上った。

走り出したトラックバスは、ボンネットの左端にあるドラム缶のような大きな釜から、もくもくと真っ黒な煙を吐いていた。

その日私は、初めて〝木炭車の燃料補給〟を目の当たりにしたのである。

運転手が釜の蓋を開けると黒煙が一気に立ち昇り、その中へ俵に詰めた木炭を流し込んでいた。そして長い鉄の棒を何度もねじ込むようにして炭を均したあと、釜の下部にある取っ手をグルグルと回していた。

「釜に風を送るファンというものだよ」

と父が教えてくれた。これが初めて乗った木炭車のバスではなく、乗り合いトラックであった。

転地療養を目指して奥伊豆に移り住んだ甲斐もなく、父が生き長らえたのは、その後僅か一年であった。

妹たちと母の手で育てられた私は、中学卒業をひたすら待って、地元のバス会社に「車掌」として就職を決めたのである。

私が配属された下田営業所は、五十台ほどのバスが稼働し、貨物（トラック）やハイヤー部門もあり、その活気はうかうかしていると弾き出されそうに思えた。

全てがガソリン車になっていたとはいえ、敗戦の後遺症を引き摺る時期でもあり、私たちが乗務をするバスは戦時中の古いボンネットバスばかりであった事から、二十人ほどが乗ると満員になるのであった。

方向指示器はアポロと呼ばれ、手動であった。右折や左折の際はフロントガラスの両端にある兎の耳に似た赤い指示器が飛び出す（アポロは、多分、メーカー名であったと思う）。

道路の方は全線が砂利道で、特に天城路は〝けもの道〟を思わす林道でありながら、「県道十三号線」と呼ばれる幹線でもあったのだ。

天城の山中では、時折、たった独りで道路の補修作をする男性に出会うのであった。人気《ひとけ》のない山中で黙々と作業を続けるその人は、土木事務所の職員とのことで、バスがやってくると道の端に寄り、笑顔の挙手で挨拶をするので、運転手も同じ動作で応え、心が和む一瞬であった。

他の道路ではほとんど見られない土木作業員が配置されていたのは、やはり「県道」であったからだろう。この天城街道は現在では県道から国道に昇格し、四一四号線と呼ばれている。

川端康成の短編集『掌の小説』に、「有り難う」という五ページほどの作品がある。地名などは記されてはいないが、多分、大正時代か昭和初期の天城路での出来事ではないかと思う。

峠道で材木を引く馬が道を譲るたびに、バスの運転手が澄んだ声で馬方に「ありがとう」「ありがとう」と言って敬礼をする。

私の時代は馬車などに出遭う機会はなかったが、天城山中で道路の補修作業に当たる土木作業員に挙手で挨拶を交わし合った場面は、この小説の風景と重なるように思う。

名ばかりとはいえ県道でもあった天城路は、時節柄、行き交う車は少なかったが、そのほとんどがバスかトラックながら、時たま東京のナンバーのキャデラックやビュイックなどとすれ違う。

道幅が狭い場所ではバスやトラックと同様に離合ができるところまで、どちらかがバックをしなければならなかったが、高級外車の相手はほとんどが狭い山道に難渋するのが常であるため、慣れた私たちが下がった方が速かった。

運転手がギアをバックに入れると、車掌は急いでバスを降りて後方へ走り、「バックオーライ」と笛を吹いて誘導し、離合が済むと素早く戻り、「オーライ（発車）」と声を上げる。

それでも乗用車は小型であるため、交わすのはさほど困難ではなかったが、他県からやって来るバスとの離合は大袈裟ではなく、お手上げ状態であった。

他県のバスの運転手たちは、天城路のような狭い山道でのバックは経験がないらしく、危なっかしくて見ていられないため、またもや私たちが下がって交わす羽目になってしまう。

乗務を済ませて営業所へ戻ると、

「きょうは天城でのバックは〇回」

などと、バックの回数報告をするのであった。

ある日私は、天城七里と呼ばれるこの峠道で、バスやトラック、乗用車など、すれ違う車の全てを数えてみた。

七里といえば、おおよそ二十八キロである。始発の下田を出て一時間ほどで着く湯ヶ野の里からが天城路であるため、そこから峠のトンネルを抜けて北伊豆の湯ヶ島に到着するまでの間の、〈交差をする車両の全て〉を数えてみたところ、十二台であった。その事を運転手に告げると、

「そんなに多かったのか！　バックの苦労が増えるはずだ」

と言ったのである。

時間にして八十分ほどの道のりであるため、十二台は現在なら数秒も経たないうちに行き交うのを思うと、いかに車が少なかったかが判る。

そんな日々ながら私たちを喜ばせたのは他県の、ある会社から届いた一通の感謝状であった。

「御社のバスは天城山中で道を譲ってくださるとの事、乗務員一同、心から感謝を致しております」

離合の際は睨み合いの状態になる事もあったが、このような手紙が届くと、私は「バックオーライ」も悪くはないように思えた。

天城線は始発の下田から一時間ほどは幾つかの集落を通過するため、車掌は本本の切符発行などの接客が主な業務であったが、湯ヶ野を過ぎ天城の山道に入ると停留所はほとんどなくなる。そこで「お退屈凌ぎに」とマイクを握る。

まず、天城山中に見え隠れする七つの滝の案内から始める。

「天城では滝の事をダルと呼んでいますが、それは水が〝垂れる〟の意味で、垂れるが訛ってダルになったと伝えられます。七ダルの名は二階ダル、大ダル、釜ダル、初景ダル……」

ガイドを終えマイクを置くと、後方の座席に陣取っていた四、五人の大学生らしい一団が手招きをして私を呼んだ。

「滝をダルと呼ぶのは面白いですね。他にスキャンダルと言う滝はないのですか？」

と訊いた。私はスキャンダルが英語であることも、それをもじってのからかいであることも判らず、

「天城にはスキャンダルという滝はありません」

と大真面目で答えると、彼らはどっと笑い声をあげた。

私はなぜ笑われたのかは分からなかったが、小言を言われるよりはましだと自分に言い聞かせたのであった。

車掌の一番の仕事は前述のように車内での切符の発売と運転手のサポートであるため、ガイドの方は教習期間中に渡されるテキストを〝まる暗記〟状態であったため、吟味をする余裕も知力もないままであった。それゆえ間違いを指摘される場面も間々ありながら改めることもせず、その日が無事であればそれでよかったのである。

ボンネットバスはよくパンクに見舞われ、その度に乗客を待たせてのタイヤ交換に追われる。路線は全て砂利道であるため、パンクばかりではなくバーストを起こす事も珍しくなかった。

いずれにしても定期便であるためタイヤ交換は時間との闘いで、運転手がトランクからスペアタイヤを外して転がしながらやって来るまでに、車掌は大きな鉄製のジャッキをバスの腹の部分に据え、上下に漕ぐように動かして車体を浮かせる作業に取り掛かる。

タイヤを外す際は運転手が六角レンチと呼ばれる工具で何本もの大きなナットを緩めると、それを外す作業も手伝うのだが、十五歳の私の力では思うに任せなかった。

見かねた男性の乗客が手助けをしてくれることもあり、時間にして二十分ほどでその作業は終わるのであった。

パンク修理を終え、

「お待たせいたしました。発車オーライ」

と声をあげた時、前席の夫婦連れらしい客が、

「ご苦労さんでした。これをどうぞ」

と笑顔でアケビの実を二個差し出た。パンク修理の待ち時間に採ったのだという。

「カラスウリもあったけど、食べられないのでアケビだけにした」

乗客たちはパンク修理の時間も、それぞれに楽しんでいたようである。

パンクやバーストでのタイヤ交換も難儀であったが、それよりも私たちを悩ませたのは、エンジンのオーバーヒートであった。

頻度は少なかったが、ボンネットバスは天城路の急坂にさしかかると、突然先端にあるラジエターのキャップから、もうもうと湯気が噴出する。そんな事態に遭遇すると車掌は水を汲むためにバケツを手にバスを降り、谷間へ向かうのであった。

水を汲める場所はある程度判ってはいたが、汲み上げた水を提げて雑木林の枝を払いながら戻るのはひと苦労で、（どうかこぼれませんように……）とバケツに祈りたい思いであった。

現在のように注ぎ口やキャップの付いたポリタンクでもあれば谷間へ降りての水汲みは幾分かは楽であったと思うが、バケツに頼るそれは大袈裟ではなく、必死の業務であった。しかもそれは車掌の仕事と決められていたことから、運転手は水が届くのを車内で待っていたのである。

それでも日中はさほど時間をかけることなく水の補給はできたが、最終便などの夜間は、手探り状態で谷底へ向かわねばならず、泣きたい思いに苛まれた。

就職前に「車掌になればいい給料が貰える」との評判を聞き、母子家庭になっていた私は、その言葉に何の躊躇も抱かず、家計を助けたい一心で入社をしたのであった。

確かに他の職種と比べると、同年代では「いい給料」のように思えたが、それなりの、いや、それ以上の労働が課せられていたのである。

様々な場面が蘇る天城線ではあるが、過酷な思い出ばかりではなく、他の路線にはない天城ならではの爽やかな体験も経験できた。

湯ヶ野から天城隧道を抜けて北へ五分ほど下ると、見事な緑陰である〝水生地《すいしょうじ》〟と呼ばれるせせらぎの小橋に差しかかる。その名の通り北伊豆を流れる狩野川の水源地で、木立も小公園を思わす佇まいであったことから、定期バスでありながら、夏の日はそこで小休止をするのであった。

水生地に到着すると私たちはマイクで乗客に告げる。

「こちらで十分ほど休憩をいたします。どうぞ、天城のせせらぎをお楽しみください。十分経ちましたら発車の合図としてクラクションを三回鳴らしますので、バスへお戻りください」

冷房車などは全く無い時代であったので、乗客たちは歓声をあげてバスを降り、三々五々せせらぎへ向かうのであった。

手足を洗う人や水を飲む人などさまざまであったが、上半身裸になって体を拭く人も見られ、靴を脱いで足を浸す人が多く、足湯ならぬ足水を楽しんでいたのである。

この〈水生地休憩〉は会社の決まりではなく、一人の運転手の思い付きで始まったのだが、あたかも運行ダイヤに「休息時間」として組まれているかのように、いつしか〝定番〟になり、バスの遅れなどは気にすることはなく、私たち乗務員も息抜きのひと時として天城の涼を楽しんだのである。

私が所属していた下田営業所は、先にも述べたようにバスは五十台ほど稼働し、当然ながら運転手、車掌もほぼ同数で、社内では二番目に大きな営業所であった。

担当路線は天城峠を越えて修善寺や三島へ向かう天城線と、海岸沿いに伊東や熱海に向かう東海岸線、そして松崎方面へゆく西伊豆線が主で、この他にもローカル線と呼ばれ、片道一時間程の奥伊豆の集落を、それぞれ一日三往復する便を数本担当していた。

寮生活であった私たちは乗務に就く際、出発三十分前に車庫へ行くのが決まりであった。

まずラジエターに水を入れ、運転台やハンドル、フロントガラスやボンネットを拭く。

そして発車時刻前にやって来る運転手に、

「宜しくお願いします」

と頭を下げ、一日の乗務が始まる。

この出発前の準備に併せ、乗務終了後のバスの清掃も車掌の仕事であった。窓ガラスの外側を拭く際は小さな梯子が必要で、それを上り降りして済ませると次は床の雑巾がけであった。走行する路線は全てが未舗装であるため、床は泥まみれで、時には車酔いをした乗客の吐瀉物も拭わねばならず、本来の業務よりも辛い仕事に思えた。雨天の日は、床掃除のためのバケツの水を何度も替え、窓ガラスは二度拭きが必要であった。

出発前の三十分の準備と、乗務終了後の二時間余も要するバスの清掃は、今で言うサービス残業であるのも辛かった。天城線の拘束時間は、待機時間を入れて平均八、九時間とかなり長時間であったが、会社が勤務時間と認めるのは、「実動の時間」即ち「走行時間」だけで、何よりもの肉体労働と思える勤務終了後の「バスの清掃」は、無給であるのが解せなかった。

ある日、バスの清掃を済ませて寮へ戻ろうとした私は、薄暗い車庫の片隅で体を震わせて泣いている中年女性に出会った。寮へもよく訪ねていたその人は、車掌仲間であるＦ子の母親であった。

彼女は涙声で私に訴えた。

「十五の娘にこんな辛い仕事をさせたくないので連れて帰りたいのだが、夫は病気で幼い四人の兄妹がいるので、どうしてあげることもできない」

嗚咽を抑えながら言うその人に、私も同じような境遇であることを告げると、うんうんと頷いたあと、肩を抱きしめて言った。

「みんな頑張っているのに、泣いたりし意気地なしの親で……ごめんなさい。Ｆ子を宜しくお願いします」

涙を拭いながらもう一度肩を抱き、暗闇の中へ姿を消した。

母親が心配するほど過酷な仕事であったが、仲間たちは辛抱強く、一、二年で辞めてゆく者はほとんどいなかった。

「車掌さん」と呼ばれ、人々から親しまれた私たちのこのような一面を、当時でも知る人は少なかったと思う。

先にも触れたように、旧型のボンネットバスは山道で起きるエンジンのオーバーヒートにも悩まされたが、真冬日には厳しい自然の洗礼も受けるのであった。

伊豆は温暖といわれていたが、気温の低い早朝便で天城路を走行すると、標高が高くなるにつれ、フロントガラスに氷が付着して視界が遮られてしまう。しかもそれは、なぜかフロントガラスの内側に集中する。

天城峠に近付く頃は、その氷が全面に広がるため〈車内名札《めいさつ》〉と呼ばれ、ドアの上に掲げた運転手と車掌の名前を記した木製の札を外し、それでフロントガラスに付着した氷を削り落とすのであった。

私たち車掌は、中学を卒業と同時に就職する者がほとんどであったことから、入社時は心身共に〝半人前〟であるのはほとんどの同僚も自認していたが、乗務のパートナーでもある運転手との上下関係は実に厳しく、彼らには下僕のように傅《かしず》かねばならないのが社風であった。

相手を呼ぶ際、私たちは「○○運転手さん」と「さん」付けであったが、呼ばれる時は当たり前のように全員、呼び捨てであった。しかし私は、そんな社風に疑問を抱く余裕はなく、（早く一人前になりたい）との思いから、ひたすら忍従の日々であった。

運転手たちが高圧的な態度を保ち続けていた理由《わけ》は、「会社の歴史」にあることが判明したのは、創立記念日に聞いたOBたちの会話からであった。

会社は一九一七年（大正六年）の創立であるため、当時の運転手は現在の旅客機のパイロットも及ばない存在であったという。

その頃の乗り物といえば馬車か人力車であったことから、「自動車なるものを運転する人」は周囲から畏敬の眼差しを受け、遊郭から出勤するのが自慢であったという。

彼らは上級の軍人に似た詰襟の上着に帽子、白い手袋に膝までの長い靴（今でいうブーツ）といういでたちで颯爽とハンドルを握り、その姿は雲の上の存在であったらしい。時代が変わっても、そんな特権意識だけが多くの運転手に延々と引き継がれていたのが、私たち車掌には不幸であったのだ。

当時は運送機関がほとんどなかったため、私たちのバスは郵便物や新聞、映画のフィルムなど、時間の制約を受ける物品も運んでいた。その中でも特に重要なのが「郵便定期」と呼ばれる郵便物の運搬であった。

天城線は出発前に車庫から直接下田の郵便局へ向かい、郵便物を詰めた大きな麻袋を二、三個積み込んでから乗客の待つ発着所へ向かう。麻袋には赤色で大きな〒のマークが記され、降ろす局の名札

（湯ヶ島・赤羽根など）が下げられていた。つまり乗り合いバスが郵便車を兼ねていたのである。

私が見習い期間中の郵便定期で運転手から受けた〝いわれのないお仕置き〟は、半世紀以上を経た今でも屈辱感は薄れない。

天城峠を越え、郵便物を降ろす湯ヶ島の局前まで来ると、車掌は乗客に告げる。

「郵便定期でございます。少々お待ちください」

そして郵便物の入った麻袋を抱えて湯ヶ島郵便局へ駆け込み、局員から受領印を受け取って戻る。

小さな局であったが、その日は数人の客が並んでいたことから受け渡しに手間がかかり、私はイライラしながら待った。やっと受領印を貰って局を飛び出すと、なんとバスは消えていたのである。

（置き去りにされた！）

顔が青ざめるのがわかった。

当日の運転手は、些細なことにもすぐに激高する人物で、誰もが腫れ物に触るように敬遠し、所長も恐れてか諌めることはなかったことから、傍若無人な振舞いは時には暴力を伴い、その犠牲者は車掌や助手と呼ばれる若い運転手見習いであった。

見習中の車掌は先輩に添乗してもらう〈二人乗務〉であったので、自己本位のその運転手は、私を置き去りにしても運行には差し障りがないと思ったようで、「新米は足手まといだ」と走り去ってしまったのであった。

途方にくれた私は、とりあえず五百メートルほど先にある湯ヶ島営業所まで帽子と鞄を手で押さえ、泣きながら必死で走った。行き交う人たちの怪訝な視線など、気にする余裕は全くなかった。湯ヶ島営業所へ駆け込むと、バスはマフラーから真っ黒の煙をブルン、ブルンと吐いて止まっていた。それは運転手がいかに苛立っているかを物語っていたのである。

昭和三十年代に入ると、「もはや戦後ではない」という言葉が聞かれるようになり、バスはボンネット型ながら大型のエアブレーキを備えた車両が登場し、座席の数も三十を超える新車が増え始めた。大型バスは増えたが、天城の道路は改良されないまま他県からのバスも大挙やって来るため、道路からはみ出さんばかりの走行であった。離合時でのバックの回数は増えるばかりで、一度下がって発車しようとすると、また別の車が林の中から現れる。思わず、

「もうっ、何とかしてよ！」

と叫びたくなるのであった。

何度もバスの後方へ回り、笛を吹いて誘導する私たちは砂埃で髪は白髪状態になり、帽子を被った部分は本来の色であるため、乗務終了後は仲間たちと、

「きょうも髪はツートンカラー」

などと言い合っていた。

天城隧道の中では対向車の離合は無理であるため、侵入の際は確認が必要で、トンネル内にライト

が見えると、入り口で待ってからの発車であった。

　盛夏のトンネル内は、天井から滴る水滴がフロントガラスに当たると得も言われぬ涼感で、車窓から吹き込む風も心地好く、運転手はシャツの衿をひらひら煽るようにして涼を楽しみ、トンネルを抜けるまではスピードを緩めての走行であった。

　バスに揺られての観光（特に温泉巡り）がブームになり、伊東駅や修善寺駅をはじめ、バスの終着駅などでは各旅館の番頭たちが色とりどりの旗を掲げて客を迎える光景は一段と賑やかで華やかでもあった。

　温泉地の多い伊豆では、押し寄せる観光客に対応が追い付けず、私たちが乗務する乗り合いバスの方も、便によってはすし詰め状態で、途中の停留所で待つ地元の人は置き去りにされることも珍しくなかった。しかし、それが問題視されることもなかったのは、いい時代であったのか、伊豆の人たちが寛容であったのか、意見は分かれるところであろう。

　各企業の社員旅行も日を追って増え、多くの温泉旅館は競って高層化を進め、「バス付きの部屋」などという看板も目立ち始めた。私たちはバスといえば自分たちが乗務している車両であろうとの思いから、

「バスを部屋に付けてどうするのだろうか」と大真面目で話していたのである。

　大型バスは増えてはいたが、天城線は本数自体が少ないため、乗客は席に座ることができない人も多かった。

三、四時間もの間、〝立ちん棒〟のままで山道を揺られるのは、かなり苦痛であったと思うが、やはり苦情を言う人はほとんどいなかったのを思うと、そんな状況であっても人々は〈観光旅行を楽しむ意義〉を感じていたように思う。

伊東から下田へ向かう海岸線の道路は、僅かながら舗装が進み始めていたが、天城路の方は、なぜか手付かずのままであった。それゆえ、他県のバスに道を譲りながら走行する運転手の苦労は大変であったと思うが、事故を起こすことなどは全くなかったので、彼らの運転テクニックは一流であったのが判る。

私の方も歳月とともに入社時の辛さは次第に薄れ、乗務は愉しさに変わったように思えたのは、〈習うよりは慣れよ〉の諺通りで、「発車オーライ」の声もリズムに乗っているのが判った。

ある日の臨時便で空車になった事から、運転手と雑談を交わすなかで、私が「運転をしてみたい」と言ったところ、「教えてやろうか」と本気で応えてバスを止め、私を運転席に座らせた。

「これがクラッチ、こちらがアクセル、そしてブレーキ」と説明を受けた私は、言われるままにチェンジレバーをローに入れてバスを走らせ、ほんの四、五百メートルではあったが、〝無免許運転〟を楽しんだのである。

今なら二人とも責任を問われるところだろうが、大らかな時代での勤務中の無免許運転遊びは、滅多にない楽しい想い出として蘇るのである。

入社四年目の年末、天城の山中で世間の耳目を集める事件が起きた。

中国清朝最後の皇帝の弟、愛新覚羅溥傑《あいしんかくらふけつ》の娘である慧生《えいせい》さんが、日本人の学生とピストル心中を遂げたのである。

テレビもさほど普及していない時代であったが、歴史的にも高名な愛新覚羅家の令嬢の心中事件は一大センセーショナルとなり、マスコミ関係者が大挙押し寄せ、静かな深山は世間の注目の的になった。

「天城山心中・天国に結ぶ恋」などとして、映画化されたこともあり、乗客たちの興味も大変なもので、ほとんどの人が、

「天城山心中の場所はどの辺か」

と、聞かれるのであったが、私たちは乗務で天城路を往復するだけであるため、天城峠に近い〝現場〟へ行くことなどはなかったのだが、会社関係者でも、そこへ出向く者はいなかったと思う。

乗客たちが興味を抱くその現場は、天城隧道の北口から細い横道に入った山頂に近い〈八丁ヶ池辺り〉であるため、バスの窓からは見ることはできなかったのである。

現場へ行く事はなかった私たちではあったが、最終便などの夜間乗務の際は、恐怖に苛まれた。

遅い時間帯は他の車と出遭う事は少なかったが、皆無ではなく、離合が困難な場所ではいつものようにバスの後方へ回り、笛を吹いて誘導をしなければならない。そんな場面で蘇るのが、心中事件で

あった。

ある日の最終便でトラックに出遭い、例によって運転手がギアをバックに入れたのでバスを降りた私は、その瞬間、何やら柔らかい物体を踏んでしまい、悲鳴をあげ跳び退いた。一瞬、死体でも踏んだかのように思えたのだ。

あまりの絶叫に驚いた運転手が降りて見たのは、粘土質の道路が盛り上がった箇所であったのだ。後日になれば笑い話だが、乗務員、特に若い女性である車掌には、「天城山心中」は興味よりも恐怖であったのだ。

仲間の一人は、やはり深夜便での離合の際、誘導を済ませて急いでバスへ戻りかけた時、なんとバスはそのまま走り出してしまったという。

バックの際、車掌が、

「降りなくてはダメですか？」

と、いかにも不安気に聞いたので、運転手は（ちょっとからかってやろう）との思いから、誘導を済ませた車掌を待つことはせず、数メートルを走ってみたのだと言う。しかし、当の車掌の方は、こんな恐ろしい所に置き去りにされたのでは堪らないと、後ろのバンパーにしがみつき、引き摺られながら泣き叫んでいたとの話であった。

その直後、乗務員の間に妙な噂が流れ始めた。

〈二階滝《ダル》が見える近くに、何やら不気味な物体がある〉との事であった。そこにはムシロを被せた〝何か〟があり、空き瓶に挿した花が添えられているというのである。

猪か狸を撥ねてしまった車の所業ではないかと誰もが言いながらも、私たちは「轢かれた人の死体だったら……」と、震える思いであった。

結局、正体は判らないまま、その物体はいつの間にか消えていたので、誰かの悪戯であったのかもしれないと噂をし合いながらも、暫くの間は〝天城の怪〟として語り草になったのである。天城山心中は、一般人とは異なる特別な事件として、バスの乗務員の心に刻まれたのである。

「交通の発展は文化のバロメーター」という言葉と共に、バス事業は発展の一途を辿り、現在のような箱型の車両が主流になった。私たちは無邪気？　に喜び、そんなバスを「弁当箱型バス」「鼻無しバス」などと呼ぶのであった。

入社以来五年あまりが過ぎると、苦楽を共にしたボンネットバスはローカル線用として、二台だけになってしまったが、天城の道路は改良されることはなかった。それでも私には、古いままの天城路が愛おしく思えたのは、刻々と移り変わる深い杉木立や曲がりくねった狭い道が、車掌たちの涙や汗を知る唯一の〝友〟であるからだろう。

元号が昭和から平成、そして令和と改まり、ボンネットバスが走った昭和の時代は遠退くばかりだが、日本の発展の一翼を担った「乗り合いバスの車掌」の姿も、語り伝える必要があるように思う。

佳作　（小説）

坦《たん》庵《あん》先《せん》生《せい》とパン

逆《さか》瀬《せ》川《がわ》　わたる

一

駿河湾から木枯らしが狩野川を渡って韮山の代官屋敷まで吹きあげてくる。代官屋敷は多くの人で賑わっていた。

東側の公務に使われる表向きの部屋では手付・手代や書役といった役人が詰めて書き物に追われている。代官の江川太郎左衛門英龍、号して坦庵は、一番奥の席に座って面長な顔の眉間に深い皺を刻み、時々部下の仕上げた書類に目を通していた。

民の暮らし向きに目の行き届かないところがあるのは、坦庵にとって堪えがたいことだった。坦庵はどんなに忙しくても、領民の訴えに耳を傾けようとしてきた。それは彼の仕事であると同時に、彼の生き方でもある。

だが彼は領民思いの代官というだけではない。

「先生、そろそろです」

と坦庵を呼びに来た若者がいる。

「そうか」

坦庵の表情が少し緩む。

韮山代官の坦庵を「殿様」ではなく、「先生」と呼ぶのは、彼が砲術家江川太郎左衛門の弟子だか一昨年、半世紀ぶりに知人の車で天城の旧道を訪ねた。懐かしい天城路は草木に埋もれながらも、辛うじて山の法面にしがみ付くように続いていた。車を降りて徒歩で峠へ向かうと、天城隧道が深い森林を背負うような姿で現れた。見上げる私の目に涙が滲んだ。トンネルを吹き抜ける風の音に乗って、

「発車オーライ」

「バックオーライ」

の声と、ボンネットバスのエンジン音が聞こえるように思えた。

〈完〉

らである。この屋敷には代官としての表向きの部屋の他に、坦庵が家族と住む部屋、諸藩から留学してきた塾生のための部屋があった。韮山の代官であると同時に、坦庵は彼らに洋学を授ける先生でもあった。

その日代官屋敷では、朝早くからパン作りが行われた。公務に使われる東側の反対側に広い台所があって、端の方に二つのパン釜が設置されていた。日頃は北東の塾の間で坦庵の弟子として熱心に学んでいる塾生達は、この日はみな台所に集まって、年に二回だけの仕事に精を出していた。

塾生に坦庵は正課として小銃操法、銃隊調練、大砲打方、馬上砲、船打稽古、火薬製方などの砲術稽古と、歩騎砲操典、築城学、戦場医学などの講義を行った。

小銃の角撃ちには江川邸裏山北端の一反歩ほどを角場とし、銃隊調練の時には表門脇を、船打は沼津沖内浦の海上、大砲打方は裏門左か韮山城三の丸の土塁の上から滝山村方面に向けて発射して稽古した。

講義はそれだけではなく、山に入って心胆と身体の錬磨のために狩りをよく行った。険しい山中を走り回ると、身体が疲れて小銃の命中率が落ちてくるのを、修行によって克服させた。

修行の合間に坦庵は口の浦への海釣り、狩野川での釣り、山猟などの遊びも塾生と行動をともにし、彼らと遊興しながら自分の知っていることを惜しみなく弟子達に与えた。パンの製法にしても、彼らが諸藩から学びに来た目的でないことはよく分かった上で、洋学の一環として参加させた。

「先生が来られたぞ」

玄関側から廊下を通って弟子と一緒に坦庵がやってくると、弟子達はみな笑顔を見せた。

台には果物や野菜から採取した天然酵母の入った瓶が置いてあり、すぐ傍らに小麦粉をこね上げ発酵させて作った材料の並べられた大きな櫃が幾重にも積み上げられてある。これらの材料を次々に釜で焼いてパンを作る。

釜を開けると、さあっと白い湯気が吹きだした。

「おおっ」

直径が二尺ほどの丸い鉄板が取り出されると、焼きたての四角いパンが等間隔に並んでいる。きつね色にこんがり焼けたパンは香ばしい匂いを放っていた。パンはすぐに台所の端に用意された板の上に並べられ、熱を冷まして水分を十分とってから保存される。これがこの日最初の完成品だった。

しかし若い塾生にしてみれば、この西洋の食べ物にはひどく興味があったし、興味以上にパンの匂いに腹の虫が刺激されていた。

「みごとな焼き加減に見えます」

腹を空かせた若い塾生がたまらずそう言うのを聞くと、まわりにいた塾生達もごくりと生唾を飲み込んだ。

仕上がりの具合を試さなければならない。

坦庵はパンをひとつ手にとって、小さくちぎって弟子達に分け与え、それから自分も口に入れた。

焼きたてのパンは、まだ少し柔らかくそれに少し甘かった。味わう前に口の中であっという間に消えてしまった。

「こんな少しじゃ、よくわからんのう」

誰かがそう言うと、

「その通りじゃ」

我も我もと声が挙がる。仕上がりの具合を確かめるというより、彼らは腹が減っているのだ。もっと食べたいと言いたいのだ。それをたしなめて、

「味見はこれで終わりだ」

坦庵が言った。

「お前達は何のためにパンを焼いておるのか」

坦庵の言わんとしていることに思い当たったのか、すぐに塾生は神妙な面持ちになって、

「申しわけありません、パンの製法を学ぶことが我らの務めです。それにパンはまさかの時の備えでございました」

と謝り、深く頭を下げた。

「そうだ、その通りだ。いざという時の備えとして、このパンが必要なのだ。お前達が先に食ってしまってなんとする」

可愛い弟子達だった。だが甘やかしては彼らのためにはならない、と坦庵は我が心を戒める。

韮山の代官屋敷でパンを焼くようになってから、もう十年以上になる。天保十三年の春、坦庵は家

来の柏木総蔵に命じて、高島秋帆の門下で製パン法を心得ていた作太郎からパン焼きの技法を持ち帰らせたのだった。

焼くのはもっぱら乾パンだった。

非常食だから、パンの味付けは塩だけだった。小麦粉に砂糖や鶏卵を混ぜて味付けをすれば、もっと美味しいものになるだろうが、そうした味付けはさしあたり必要なかった。米の飯は重くしかも腐敗しやすい。パンは米に比べて腹持ちがよくないし、それに美味くもないが、水分を抜いて密閉した乾パンは、何年でも保存できる。事実、天保の飢饉の際、坦庵の作ったパンはたいへん貴重な食料として重宝されたのである。非常食としてパン程すぐれたものはないというのが、坦庵の考えだった。

「まこと先生の仰る通りです。今すぐ我らが食べてしまって、いざという時足りなければ困りますからなあ」

「わかればよし。ではまた次のパン焼きに取りかかれ」

半年分を今日一日で焼きあげる予定である。のんびりしている時間はない。

坦庵は弟子達に指示し、南側のお茶の間へ入っていく。その前に坦庵は弟子の中から、

「岩島と長沢は準備をしてついて来い」

と声を掛けた。

茶の間には妻のやすが控えている。

「これから江戸へ行く」

と言って、坦庵は着ている袷を脱ぎ捨てる。厳寒の冬でも、日頃坦庵は袷一枚で間に合わせていた。

「はい、存じております」

やすは坦庵の身支度を調える。やすがいなければ、坦庵は到底、同時に幾つもの仕事をこなしたりできなかっただろう。文政七年、二十三才の時に娶った妻は、坦庵の気持ちをいつもよく察してくれていて、先回りして準備してくれた。

しばらくすると岩島源八郎と長沢鋼吉がやってきた。二人は韮山代官所付の手代だったが、塾生と共に研鑽する弟子でもあった。岩島は反射炉築造の責任者で、長沢は射撃に秀でた弟子であった。反射炉築造のことや砲台、大砲のことで現場に携わっている弟子を伴うのは、老中に正確な応答をするためであるが、一方では彼らに生きた勉強をさせてやろうという坦庵の思いがあった。

坦庵は老中の阿部正弘から召喚されていたが、海防についての施策のことで呼ばれているに決まっていた。

下田にはロシアの軍艦ディアナ号が碇泊しており、大目付の筒井政憲・下田表取締江戸掛の川路聖謨らがロシア使節プチャーチンと国交のことで会談していた。すでにこの年五月までは坦庵の任務だった下田警備は下田奉行の任務に代わっていたが、海防ということで坦庵は関わらざるを得ない。またロシア使節幕府の命を受けて竣工した韮山の東南炉のことや、品川に建設している台場のこともある。江戸と韮山を行き来することが近年頻繁になっていた。

代々の韮山代官という家業の他に海防掛勘定吟味役という大役を命じられ、品川台場築造や台場備砲製造、反射炉築造などの海防関係の仕事が洪水のように坦庵のもとへ押し寄せてきたのは、黒船が浦賀に来航してからのことである。それからというもの、坦庵は休む間もない。

それまでの坦庵は、代官の仕事の傍ら、自分の関心のおもむくまま砲術の研究をしながら弟子達に教授しておればよかった。いくら幕府に洋学の必要性を説いても、幕府は耳を貸そうとはしなかったのである。それどころか、鳥居甲斐守のように洋学者を敵視し、虎視眈々と付け狙う保守的な幕吏が少なくなかった。三百年近く続けてきた鎖国が、異国との交渉など無用だと狂信する幕吏を生んだ。これまでに高野長英、渡辺華山、高島秋帆など、優れた洋学者が次々に彼らの毒牙にかかって倒れ、あるいは自刃して果てた。坦庵の師匠である秋帆は、坦庵の嘆願によって昨年赦免されたが、ひどく衰弱し、往年のような覇気は失われている。

異国の脅威に晒されている事実を告げているだけなのに、幕政を批判したと目の敵にされるのだから、全く馬鹿げた話だった。異国より先に、身近な大敵がいたのである。

だが坦庵は彼らの執拗な視線をかいくぐり、表だって幕府批判をすることなく砲術の研究に勤しみ、これまで無事に生き延びてこられた。それはひとえに坦庵の母の教えと、謙虚な彼の性格の賜だったろう。

茶の間の一方の壁に「忍」という字が貼られている。幼少時負けん気の強かった坦庵を諭して母が授けてくれた言葉だった。以来坦庵は「忍」の一字をいつも座右の銘とし、隠忍自重して生きてきたのである。

「では出かけてくる」

簡素な袷から旅装に着替え、坦庵は弟子達と中間達を伴って出かけた。

二

品川の御殿山まで来たところで、坦庵と一行は足を止め、築造中の砲台を見上げた。そびえ立つ岩盤の上に備えられる大砲を、韮山の反射炉で製造するのである。

「これらの砲台が日本を夷狄から守ることになるのですなあ」

長沢が感嘆の声を挙げた。彼方に目をやれば、御殿山下の砲台から群青色の海に点々と五基の砲台が沖合に向けて築造されつつある。

坦庵は苦笑した。

「守るなどというところまでは及ばん。ようやく第一歩を踏み出したというところだろう」

砲台の築造が始められたのは何れもペリーが浦賀を去ってからのことだった。

「日本は広いのだ。これぐらいの砲台では、江戸湾に侵入する黒船を防げるかも知れないが、黒船が江戸湾に入ってくるとは限らない。とてもじゃないが日本全体を守ることなどできはしない。守るためには、……」

「軍艦ですか？」

日頃から話を耳にしている弟子達には、坦庵の考えていることを探り当てるのは容易である。

「その通り。異国の黒船と互角であるためには、自由に動くことのできる軍艦が必要だ」

それは坦庵の持論だった。

坦庵は関東一円を踏査して、異国の艦船が江戸湾に侵入するのを防ぐためには砲台の築造よりも軍船の購入と製造、そして航海に習熟し海軍を作ることが肝要だと報告していた。

「しかし無論多くの洋式軍艦を買い入れる金などない。ならば日本で造ればいいのだろうが、そう簡単にはいかない。まだこれからの課題だ」

「浦賀で建造された鳳凰丸もまだまだだと聞いています」

「うむ」

二年前の嘉永六年九月から、幕府は大船建造の禁を廃止し、浦賀奉行所与力中島三郎助と香山栄左衛門他同心十人に浦賀に造船所の建設と三本マストの洋式軍艦帆船の建造をさせていた。だが、洋書を読んで試行錯誤しながら造り上げた鳳凰丸は、外観は洋船らしいのに内容は和船なのだった。

「書物を読んで見よう見まねで造っても、造っているのが和船の船大工だから、本物の洋船ではない。実地に西洋の船大工が造船するのを見て学ぶしか身につく術はないのだろうが、だからといって異国人が我らに造船を教えてくれるわけもない」

そう言って坦庵は若い手代達の顔を見つめ、

「それが現実ではないか」

「その通りです」

「それで今の我らにできるのは、秋帆先生から受け継いだ銃砲の知識を役立てて、砲台を築造することしかなかったわけだ。だからせめて砲台は異国船が江戸湾に絶対侵入できないように造るべきだと考えていた。それが、……」

「品川から品川沖だけになってしまったのですね」

「うむ」

坦庵は三枚洲に猿島を加えた浦賀水道沿いに十町置きに砲台を築造する案を上申していたが、予算がないという理由で品川の砲台築造になった。しかも坦庵の計画では品川から深川須崎の沖合まで十一基の砲台を築造するというものだったのに、五基にされてしまったのである。

勘定奉行所で行われた砲台築造の最終的な打ち合わせのことを、坦庵は今も覚えている。その時勘定奉行だった川路聖謨に対して、坦庵は日本の将来のためにぜひとも十一基全部の築造をと主張したが、川路は頑として肯かなかった。予算がないから縮小しろと言うのだった。

川路聖謨は坦庵にとって昔からの友人で気心も知れた仲だったから、この件について意見が対立するとは思っていなかった。だが川路は幕閣から幕府の財政事情のことで念を押されていたのだろう、財政事情によって坦庵の案をはねつけた。

「川路殿は譲らなかった。がんこな男だ。五基の砲台では、黒船への備えには全く足りないというのに」

肝心なところで予算を少なく済ませようとする幕府のやり方に、坦庵は腹が立つ。しかし腹を立てたところで仕方がないことは明らかだ。忍の字を思い浮かべ、坦庵は前向きな思考を取り戻す。

「少しずつやろうとしていることが認められつつあるのだから、ありがたいことだとせねばなるまい」

不足とは言え、砲台の必要が認められたことは大きい。

だがそれも異国船が勝手に江戸湾に入ってくるのをどうすることもできないという現実的な不安が幕府の保守派の動きを逼塞させていただけかも知れない。

ただ、筆頭老中の阿部正弘は人の能力を見抜いてそこによく敬意を払ってくれた。まだ年若い阿部は、先見の明のある為政者だった。川路聖謨も阿部によって勘定奉行に抜擢され、この時軍艦ディアナ号で下田へ来ていたロシアの提督プチャーチンと国交に関する会談をしていたのである。

江戸へ到着すると、坦庵は熨斗目・上下に着替え、登城してさっそく老中達との対面のために御用部屋を訪れる。

阿部は坦庵の登城を待ちかねていたようだった。老中達と対面すると、坦庵は矢継ぎ早に防備の件について質問を浴びせられた。黒船から江戸を守るために築造している砲台と砲台に据え付ける大砲の製造のことだった。

「砲台の築造は順調に進んでいるようだが、大砲の方はいかがか？」

「それは反射炉が完成するまで待っていただかねばなりますまい」

質問するのは主席老中の阿部ばかりだった。阿部以外の老中は、鎖国という長い眠りから黒船の来訪によって否応なく起こされるに至って異国の脅威に怯え、阿部の後ろに隠れて不機嫌な顔をして傍観していた。

それからロシアに開港する港の話になった。

阿部の話によると、下田で行われている日露の交渉は開港する港を浦賀でなく下田にする方向で進めているという。理由は下田が江戸城に近い浦賀ではなく遠く離れた伊豆の南端にあるからだが、

「ロシアは下田は大船の碇泊できるような港ではないと言っているが、江戸に近い浦賀では困る。下田なら貴公が伊豆の韮山にあって睨みをきかせてくれているから我々としても安心なのだ」

と言って阿部は坦庵を褒める。

「これは身に余るお言葉」

無論、能力を買ってくれるところは、坦庵も有り難い。だが阿部は開明的で坦庵のことをよく理解してくれている方だったが、むやみに坦庵の仕事の量を増やし過ぎていることは気にしていない。代官としての任務でさえ重責なのに、さらにどんどん重責を負わせようというのは無茶なのである。しかし坦庵は弱音を洩らしたり不平をこぼしたりすることなく、これまで着実に阿部の要求を実現してきた。ますます阿部の信頼は厚くなった。

国防の施策について阿部は意欲的だ。

「砲台に据える大砲についても少し詳しくわかる図面はないのか？」

「早急に用意致します」

坦庵は席を立った。

本所南割下水に江川家の江戸屋敷がある。江戸屋敷も役所と役宅を兼ねていて、坦庵の江戸での拠点になっていた。

「長沢、品川砲台に据える大砲の図面を用意できるか？」

阿部から言付かった仕事をすぐに優秀な弟子に取りかからせる。

「承知しました」

長沢が仕事に取りかかるのを見ると、坦庵は役宅に顔を出す。

江戸は甲斐・武蔵の事務処理を取り仕切っており、江戸屋敷に来ると役所に顔を出して坦庵はひとしきり手代達の仕事に目を通すことになる。

それが終わってから、着替えて居間に入る。ここでも着物は袷一枚だった。

若い頃から食事は一汁一菜、寒中でも火鉢を用いず、袷一枚で過ごし、韮山塾生達をともなう山猟では自ら率先躬行して猛特訓し、体力には相当に自信を持っていたのだが、近頃はよく頭痛や耳鳴りに悩まされていた。齢五十四にもなって、体力が衰えてきたのかと思う時もあったが、自分の身に背負いきれないほどの仕事が集まっているせいだとは思わなかった。

翌日十一月四日の朝、江戸屋敷から江戸城へ登城しようと駕籠に乗り弟子達と中間を連れて両国橋を渡り、日本橋から大手門の方へ向かっている途中だった、にわかにぐらぐらと足元が揺れた。

「なんだ、これは？」

ごうごうっと地鳴りし、天地が鳴動している。大名小路を通って大手門近くまできているのだろうか、辺りには細川越中守、山之内土佐守などの広壮な江戸屋敷が立ち並んでいるのだが、激震によってそれらがまるで子供の作った粘土細工か何かのように、いとも簡単に倒壊していく。

「地震だ！」

目の前にいる中間に覆いかぶさるように、左側の屋敷の築地が崩れてきた。坦庵は後ろから着物の袖を引っ張られてよろめいた。次の瞬間、目の前にものすごい音を立てて土石が崩れてきて、坦庵は腰を抜かしてしまった。

「危ない、先生！」

これまで坦庵が経験したことのない規模の地震が起きていた。

「ここは危ないです。広いところへ行きましょう」

周囲の屋敷がみるみる倒れていく。坦庵達が崩れてくる築地や建物を必死にかわしながら馬場先門の辺りまで逃げてきた時、強い余震が来た。

大名小路の多くの屋敷は壊滅状態だったが、幸い本丸の方は被害が少ないように見えた。それにある程度の見通しがきいた。

日本橋や大伝馬町のあたりから黒い煙が上がっている。

「火事だ！」

焼け焦げる臭いが広がってくる。風も吹いていた。坦庵の屋敷がある本所の辺りは屋敷が密集しているから、火が出ると無事とは思えなかった。

しかししばらくすると、今度は海から津波が江戸の低地を襲って、海に近い家屋敷を次々に呑み込んでいくのだった。

坦庵と一行は、右往左往しながら江戸城へ入っていった。

三

江戸城に大きな被害はなかった。将軍や幕閣は無事のようだったが、みな慌てふためいていた。日頃は冷静な阿部もさすがにこの日は顔色が悪かった。緊張した面持ちで、

「無事であったか」

と坦庵を御用部屋に迎え入れた。本所や深川辺りは隅田川を遡ってきた津波で家屋の倒壊がひどいらしい。

「大きな地震だ。被害はこの辺りだけではない」

地震がどの程度のものだったのか見当もつかなかったが、江戸だけのものではないようだった。もっと西国の方が遙かに甚大な被害を受けているという連絡が幕府のもとに入っていると言う。ことに伊豆の周辺は被害がひどいらしい。

坦庵は長沢から預かった図面を阿部に渡してから、

「すぐに帰らねばなりません」

坦庵は韮山の領民のことを案じた。それに反射炉のことも気がかりだった。

阿部は頷いた。

「そうするがよかろう。それにロシアのディアナ号が停泊している下田の会談のことも案ぜられる。帰ったら下田の方へも廻って、無事かどうか様子を見てきてもらいたい」

下田では大目付筒井政憲と共に川路聖謨がロシアと交渉しているはずだった。

「海に面した下田は津波の被害は大きかったでしょうな。川路殿もさぞお困りのことでございましょう」

川路は、洋学に強い関心を持ち、日本の開国をかねてから望んでいるということで坦庵と考えを同じくしている畏友だった。かつて畏敬する渡辺崋山に坦庵を紹介してくれたのも、川路のおかげだったのである。意気投合することも多く、長年親しく付き合ってきた男だが、品川砲台築造の件で意見が食い違うようなことも時々はあった。品川砲台築造の件では、国防という最も肝心なところで、川路が幕府の懐具合の方を優先したことが、坦庵にはどうしても気に入らなかった。

老中阿部の命を受け、坦庵はすぐに韮山へ引き返すことにした。

屋敷や土塀の残骸が散乱し、深い地割れに幾度も歩みを遮られつつ、街道を急いだ。海岸近くは津波に流されてきた船や家屋の残骸で道が失せていた。山側に廻って小道を行こうとすると、地崩れで道は寸断されている。道の傍らには幼子の亡骸を抱いて涙を流している母や、家族を探して気が違ったように崩れた家の残骸を掘り起こしている男達の姿があった。

帰路、品川まで帰って来た時、坦庵と一行は足を止め呆然と沖合を見やった。

「先生、砲台が、……」

弟子達は深いため息をついた。ほとんどの砲台が地震の影響を受けていた。崩れはて、海中に没している砲台もあった。

莫大な費用をかけ完成間近であった台場があっという間に崩れていったのを見て、岩島も長沢も悲壮な顔をしていた。順調な完成に喜んでいた老中阿部の顔が浮かんで消えた。

(仕方がない、これが現実なのだ)

「行くぞ」

と坦庵は促した。

死ぬような思いで積み上げてきたものがあっという間に崩れ去ってしまうのを見ることは辛かったが、坦庵の人生の大半は努力しても報われることのないことにじっと耐えることが多かった。とはいえ志半ばで死なねばならなかった長英や崋山の先達らに比べれば、自分の苦労などまだまだましだ、と坦庵は思う。砲台が崩れてしまったことぐらいで落胆などしておれなかった。不眠不休で坦庵と一行は韮山へ急いだ。

熱海までたどり着いた時、温泉地の岩肌から真っ白な湯気に混じって、真っ赤なものが見えるのは溶岩が噴き上げているのだろうか。坦庵は不安げに富士山の方を見やった。

韮山周辺も被害は甚大だった。口の浦から上ってきた津波が浜側の人家を呑み込み狩野川を越えて代官屋敷の間際まで迫ったようだった。津波の去った後、屋敷の前に押し流されてきた船や流木が山のように積もっていた。代官屋敷も柱が傾き屋根瓦が滑り落ち、土蔵の壁が崩れ落ちている。

「先生、ご無事でしたか」

心配そうな塾生の他、留守を預かる手代達が坦庵を出迎えた。

手代達の話では、代官屋敷から海岸沿いに土肥村までの十四、五里までは、津波のため被害は相当なものだという。

休む間もなく、坦庵は手代達と一緒に領内の村を見分して廻った。津波で家を失い食べる物もない村民が、建物の残骸の傍らで木枯らしに震えながら途方に暮れている。

「すぐに彼らの救済を考えねばならないな」

「そのことで、金谷村の粂蔵らが協力を申し出ておりますが」

「何、粂蔵が？　それは助かるのう。我らだけで手の回るものではない」

代官屋敷に隣接する金谷村は江川氏家臣の末裔の村だったが、それだけではなく、坦庵の誠実な人柄があったから、日頃から協力的だったのだ。遭難した者の捜索、炊き出しなど、代官所の手代だけでは到底手の回らないことを彼らは引き受けて分担してすぐに動き出してくれた。

坦庵が領内を見分している間に、反射炉の様子を見に行っていた岩島は坦庵の顔を見ると、

「駄目です、先生。相当な被害を受けています」

落胆したようにそう言った。

「そうか。だが駄目なことなどない」

と坦庵は頷き岩島の目を見て、

「またやり直せばいい。くじけるな」

そう言うと、岩島ははっと顔を上げ、

「仰る通りです。申し訳ありませんでした」

と覇気を取り戻した。

一度や二度の失敗でめげるようなことであっては、大成はできない。洋学の基礎を築いてこられた先達は、もっと死ぬような苦労を耐え忍んでこられたのだ、と坦庵はいつも弟子達に教えてきた。

「反射炉の被害がどれぐらいのものかよく調べて、早急に修繕の手配をします」

「それがいい」

坦庵は肯いた。

四

坦庵が供を連れて地滑りで寸断された山道を辿り、難所の天城を越えてようやく下田に着いたのは、十八日だった。

ロシアとの会談で使われていた玉泉寺は港からあまり離れていなかったが、しっかりとした石垣の上に建てられていたのでかろうじて残った。だが下田の全戸数八百五十六戸のうち、全壊か流失したのが八百十三戸で、家屋のほとんどが、津波によって消え失せ、韮山周辺よりも被害ははるかに深刻だった。

川路聖謨は、大目付筒井政憲と共に蓮台寺川をさかのぼった山中の蓮台寺村の広台寺に寄宿していた。川路は頬がこけて疲労の色がうかがわれたが、意思堅固な男だった。寺の一室で対面した。

「坦庵殿、よく来られた」

坦庵は江戸城は無事だったが、江戸の下町が火事と津波で壊滅状態であること、江戸から伊豆までの道中がいかに悲惨な有様になっているか、つぶさに語った。それから品川の砲台のほとんどが崩壊してしまったことも語った。

「何、砲台が潰れてしまったと？」

「そうだ」

と言ってから、坦庵は付け加えた。

「またやり直さねばならないだろうが、費用は出せるのか？」

坦庵の言葉には、品川砲台建造の際予算を縮小した川路を揶揄する響きがあった。

「当たり前ではないか、なんとかするしかないではないか」

苦り切った顔をしながらでも前向きな川路を見ると、坦庵はほっとする。役目柄川路は予算のことを言わずにはおれないだけなのだった。性根は坦庵と同じくいつも国の将来を思う人間だった。

「下田も相当な被害を受けたのだな」

「そうだ」

川路は地震に遭ってこの間の様子を語った。

地震の日の朝、川路が宿所に使っていた泰平寺は倒壊し、あわてて表の広場に出ると、境内の石塔や燈籠は次々に倒れ、そのうち津波だという叫び声が聞こえてきて、裏山の大安寺山に駆け上ったらしい。山の中腹まで登ったところで下田の町並みを見ると、津波が押し寄せてきて田畑や人家を呑み込んでいったという。ろくに食べる物も器もない中、山中の大安寺で仮眠し、それから隣村の蓮台寺に移ったのだという。

「死んでしまったらどうにもならぬ。津波に巻き込まれないよう、命からがら山へ駆け上がった。だから、ほれこの通り、……」

川路は袖をまくって山へ逃げる際に棘や草で傷ついた前腕を見せた。

「大変だったな」

ともかくも下田で日露の会談にあたっていた川路が災難から身を守りえたことはよかった。

「ロシア人は無事か？」

「幸い、無事だった。それに実はおおいに感銘を受けることがあった」

「感銘を受けること？」

「彼らは自分たちが津波に巻き込まれて生きるか死ぬかの瀬戸際で、津波にのまれて流されていく村人達に綱を投げて次々に助けの手を差し伸べていた。それに陸へ上がるとプチャーチンをはじめ和蘭通詞のポシェット、医師、外科、その他四、五人で我らの所へ駆けつけ、救急の手当ての他、なんでも必要なことがあれば言ってくれと申し出てきたのだ」

「ロシア人が？」

坦庵は信じられないと言った顔をした。

「そうだ、今にも死のうとしている人がいる時、我が身のことよりまずその人を助け、厚く療治するのは当たり前のことだと彼らは言った」

「我が身より先に困窮する人を救おうとしたというのか」

隣国の清が英国をはじめ列強に侵略を受けたことに戦々恐々として、幕閣は川路や坦庵らに諸外国との交渉や国防のための方策に当たらせているのだが、その根本には諸外国に対する恐れと不信がある。どの国も自国の利益のために日本を籠絡しようと虎視眈々と狙っているものと信じて疑わなかった。その異国人が我が身の災難よりも先に下田の村人の救済に当たったのだという。その博愛精神に坦庵は心洗われるような思いだった。

「そうだ」

川路は肯いてから、付け足した。

「もっとも、異国人と接するのは国禁だ。残念ながら我々は丁重に彼らの申し出をお断りした」

ロシア人の博愛精神にひどく打たれた坦庵は、川路がそれを無碍に断ったと聞いて舌打ちをした。

「何、申し出を断ったのか」

「仕方あるまい。国禁を犯すわけにはいかぬからな。それに、村人たちのほうでも、ロシア人の助けなどいらぬようだった。彼らが津波の中から引き揚げようとした村人の何人かは、手をふりほどいてそのまま流されていったという」

「愚かな話だ」

と坦庵は言った。

「この災難に自分たちの身をかえりみず、助力を申し出てくれたのだ。そういう気持ちを無にすることなど、愚か以外の何ものでもあるまい。我らが彼らに抱いている考えを改めねばなるまいな」

「いや、簡単に改めるわけにはいくまい」

「なぜだ？」

「我らは彼らと外交の取り決めを行っている。彼らに恩を売られたのでは我らは彼らの言いなりになってしまうではないか」

「それは外交の話ではないか」

「それはそうだ」

と川路は言った。

坦庵はここにきてまた川路と意見が合わなくなってしまった。

「今最も肝要なことは、有利な外交を結ぶことだ」

「いや、私はそうは思わぬ。外交よりより先に、もっと肝心なものがあるのではないか？」

「外交よりも先に？　貴公、何が言いたいのだ？」

「私の言いたいのは、我らも彼らに日本人の誠意というものを見せてやらねばなるまいということなのだ。それが交渉より先に忘れてはならないことではないか。彼らも被害を受けて困っているのだろう？」

「困っているのは確かだ。ディアナ号も津波に錨鎖を切断され犬走島付近で座礁し、舵や副竜骨を破損して浸水し、船庫に浸水して衣類や食料のほとんどが失われたと言っている」

「ならば今度は我らが誠意を示そうではないか」

「食料のことなら、もう手配している」

と川路は不機嫌そうに言った。坦庵との噛み合わぬやり取りに苛々しているようだった。だが坦庵も好き好んで川路と対立するのではない。できれば川路と喧嘩などしないで、ロシア人との協調ができないものかという気もした。

「米や芋など当面の食料はすでに幕府から届けられているのだ。彼らの欲しがっているパンというものは手に入らないが」

それを聞いて、坦庵は手を打った。

「パンなら、用意できる」

「なんだと？」

「先日、我らは韮山で多量に乾パンを作った。それを運ばせよう」

「貴公、韮山でそんなものを作っているのか？」

「いざという時の非常食だ。焼いておけば、長期間保存できるから、まさかの時に役立つのだ」

「ならば運んでもらってもよい、貴公らが作ったパンというものを」

物好きな奴だ、とでも言いたげな顔で川路は言った。だが坦庵がディアナ号の修理のことに触れて、

「承知した。それからディアナ号の修理はどうなっている？」

と訊くと、川路も気がかりに思っていたらしかった。

「幕府は下田で修理させよと言うのだが、彼らは攻撃を受ける可能性のある他国の船が出入りする下田に長居はしたくないようだ。どこか人目に立たぬ適当な港湾がないか探したいという。彼らは今、カッターで西伊豆を北に向かい、適当な港を探している」

「修理についても手伝えることがあれば力を貸したい」

坦庵はロシア人達にできる限りのことをしてやりたいと思っていた。坦庵は早速韮山に使いを遣って、ロシア兵のために乾パンを運ばせる連絡をした。

これまで海の向こうからやってきて日本を狙っている異国人としか思えなかった人たちが、坦庵にはにわかに近しい人々のように思えていた。

坦庵は川路の目を見て、言った。

「川路殿、船を修理するというのなら、ぜひ力になりたいと思っている。プチャーチンに会わせてもらえないか？」

川路は坦庵の顔を見て少し考えてから言った。

「それはいいかも知れない。この際彼らの乗る洋式軍艦というものが実際どれほどのものなのか、それをよく見ておけばよい。海防掛としての貴公の役目にもなるだろうし、坦庵殿にロシアの軍艦を詳しく見分してもらっておけば、必ず後日役に立つことが出てくるというものだ。わかった、そういうことなら、すぐに手配しておこう」

なんとか川路との対立を避けることができて、坦庵はほっとした。

川路はプチャーチンのところへ使いを遣って、坦庵がディアナ号を見分する旨の連絡をした。

翌日、韮山から長沢が大きな荷物を運ばせて下田へやってきた。

乾パンを届けに来たのである。

犬走島近くで座礁したディアナ号は下田港の波止場に碇泊していたが、船体は傾いて見えた。

坦庵は提督の部屋に案内され、ソファに座って大柄で髭の濃い色の白い男と向かい合った。川路の寄こした通詞森山栄之助の通訳で、坦庵はディアナ号を詳しく見分したいという旨を述べた。

プチャーチンは坦庵に硬い表情で応対した。

「あなたのことは川路から聞いている」

「この船をよく見分し、修理をする際の力になりたい」

坦庵が言うと、

「見学したいというのは拒まないが、修理は我々だけで大丈夫だ。あなた方の手助けはいらない」

無表情にプチャーチンはそう言った。

領民救済の申し出を断られたのが、彼らと日本人との間に溝を作っていたのかも知れない。プチャーチンの冷ややかな視線を坦庵は感じた。

「失礼する」

坦庵は後学のために長沢も連れて行った。

ロシア国旗のはためく甲板には大勢のロシア水兵が立ち並び、坦庵は歓迎された。坦庵はプチャーチンとロシア側の通詞ポシェットに案内された。

ディアナ号は、船長が三十三間余り、船幅八間余り、吃水七間余り二千噸の船で、五十二門の大砲を搭載していた。

甲板前方に備えられた見事な数挺の鉄製の大砲に目を見張った。坦庵は韮山に築造中の反射炉でこういう大砲を作りたいのである。

「すばらしい大砲ですね。こういう大砲が韮山の反射炉で作れるかどうか」

長沢が感嘆して言う。

「うむ」

それは鉄製六十ポンド長カノン砲だった。甲板には同じ六十ポンド砲が四門あり、鉄製三十ポンド短カノン砲十八門、鉄製二十ポンド長カノン砲が三十門据え付けてあった。

当時日本では嘉永五年、佐賀藩で築地一号炉で作った鉄製二十四ポンドの大砲が最高のものであり、ディアナ号に装備されている大砲の破壊力には遠く及ばなかった。

甲板から船室へ入っていくと、船室はプチャーチンの部屋の他、機関室、水兵の部屋、医務室、台所、食堂、倉庫などいくつもの部屋に分かれている。

右側の船底が損傷して貯蔵庫に浸水したため、パンその他食料品が失われてしまったのだという。幕府から多量の小麦粉を送ってもらったが、多くの水兵のためにパンを焼こうにも台所の釜が壊れて困っているらしかった。

「我々は乾パンを運んできている」

「パンを？」

「あなた方にぜひ食べてもらいたい」

「なんだって」

プチャーチンは驚いた様子だった。

下船してから、坦庵は長沢に命じて韮山から運んできた乾パンをディアナ号へ持ってこさせた。

大きな荷物の包みから現れたものは、紛れもなくパンだった。

「食べてみて下さい」

坦庵が差し出したパンをちぎって口に入れた。

「おお、パンだ。あなた方がこれを作ったのか？　こんな時にパンが食べられるとは思わなかった」

プチャーチンは目を丸くしていた。その表情からはすでに先刻までの堅さは消えている。

だが坦庵をさぐるような視線はまだ消えなかった。

「だがこんなもので我らを籠絡しようと考えるのならお門違いだ」

坦庵は頭を振った。

「そんなことは考えていない。我が国では、腹が減っては戦はできぬと言っている。腹が減っていては、元気がでないものだ。日露の交渉の話は抜きにして、まずあなた方に元気になってもらいたいだけだ」

「腹が減っては戦はできぬだと？　面白いことを言う」

もともとプチャーチンは陽性の男だった。

「気に入った」

白い歯を見せて笑った。

「水兵達にも食べてもらいたい」

「わかった」

プチャーチンはさっそくパンの荷を解き、腹を空かせている水兵達に配る用意をした。

「お前達、日本のパンを配るぞ！」

乾パンはすぐにロシアの水兵達にいきわたった。水兵達は乾パンを口にして、

「うまい！」

と口々に歓声をあげ、坦庵に手を振った。

人間同士の素朴な喜びを感じて、坦庵も手を振り返した。

「我々の作ったパンが喜ばれている」

坦庵がそう言うのを長沢も感慨深げに肯いていた。

五

韮山へ帰る道はまた寸断された困難な山道だったが、なぜか坦庵の足取りは軽かった。

（ロシア人との間にあった深い溝を、パンが埋めてくれた）

ロシア人と姿や皮膚の色は違っていても、心は通じ合うものなのだという気がした。坦庵の心の中で、えたいの知れない夷狄だった人たちが、自分たちと同じ血の通った、力を合わせることのできる人間に変わっていた。

坦庵はまた江戸行きの支度を始めた。

韮山と下田の様子を老中に報告しなければならない。それだけではない。もっと重要なことは、ディアナ号が破損して困っているロシア人を救済することだった。領民の窮地を救って博愛精神を見せてくれたロシア人に、今度は日本人が救いの手を差し伸べる番なのである。このことを下田を発つ

前に言ったところ、川路は、

「彼らに恩を売られるのはよくないが、ディアナ号の修理に協力することは、ロシアとの国交を有利に進める力になる」

と賛成してくれた。

それに川路は坦庵に今後洋船を建造するためにディアナ号に備わっている備砲の他、ディアナ号の構造などをよく見分させたかったのだろう。

海軍の構想を持っている坦庵がディアナ号の修復に関わることによって、洋船の生きた知識を身につけることは意味のあることだった。

「ディアナ号の修理には、ぜひ坦庵殿に加わっていただきたい。私の方から、急ぎ幕府の方へその旨連絡しておこう」

プチャーチンはもう助力を拒むようなことはしないだろう。彼と坦庵との間には、人間的な信頼感が生まれていた。

忙しい坦庵はまた新たな任務を背負うことになるのだろうが、坦庵は意に介さない。手代と中間を連れ韮山を発ち、東海道を江戸へ急いだ。

小田原宿まで来た時、風が吹き雨が降り始めた。

坦庵はあわてて宿所に駆け込み、川路からの急ぎの書状を受け取った。

書状には、坦庵をディアナ号修復の取締掛に任命するとある。助力の申し出をプチャーチンが受け入れてくれたのである。坦庵は嬉しかったが、書状には気がかりなことも書いてあった。

ディアナ号の修復の地にロシア人の選んだのは、伊豆の西海岸にある戸田港で、すでにディアナ号は自力で下田を発って戸田港へ向かったらしい。戸田港は小さいが入り江になっていて風波の心配がない港だった。しかし戸田港へ至るまでの西伊豆は小島や暗礁が無数にある。舵を失ったディアナ号が、戸田港に至る航路は並大抵ではないはずだった。そうでなくても、この数日は悪天候だった。冬の海は風が強く波も高い。せめて潮流や暗礁のことをよく知っている地元漁師の一人でも乗せていればよかったのだが、もう遅い。すでに下田を出港しているであろうディアナ号のことが案ぜられた。

（急がねばならない）

坦庵は小田原から急いで引き返した。箱根まで来た時、坦庵はディアナ号が遭難したという急報を受けた。下田港から出帆したディアナ号は、強風と強い潮流のため戸田港に入れないまま漂流し、駿河国宮島村三軒屋沖まで進み、座礁してしまったという。

韮山に戻ると、坦庵は、

「西伊豆の集められる限りの漁師達を集めて、ディアナ号を曳航させるんだ。それから彼らが寝泊まりのできる場所と食べ物を用意しておけ」

手代達にディアナ号救助のためにできる手立てを次々に命じ、幕府と下田の川路の所へ状況を報告すると、急いで現場へ向かった。

漁師達が戸田港と西伊豆から続々と集まってきた時、ディアナ号は戸田港の北方の江之浦という港近辺で、すでに船室の三分の一が浸水していた。風が凪ぐのを待って、ディアナ号は百隻程の漁船に曳航され、戸田港へ向かおうとした。

ところがそのうち、にわかに辺りが暗くなってすさまじい勢いで雨が降り出し猛烈に風が吹き、大きな白波が立ち始めたという。小さな漁船ではロシアのフリゲート船を戸田港まで曳航することはできなかった。漁師達は曳航の綱を切って、ちりぢりに去って行った。

乗組員がカッターに乗り移った後、ディアナ号は強風を受けて転覆し海上に上部の裂けた船腹を見せ、そのままみるみる沈没してしまったのである。

空は黒雲で覆われ風雨が激しく、目も開けていられない程だった。

「いいか。命綱を渡して、腰に巻き付けるのを確かめたら、しっかりと引き寄せるんだ！」

雨に打たれながら坦庵は浜辺から沖合にいる漁師達に大声で指示をした。

カッターに乗れなかった水兵は一人ずつ命綱を腹に巻いて海に飛び込ませ、それを大縄で引き揚げるという救助を行った。

ディアナ号を救うことはできなかったが、五百名の水兵はみな救助され、付近の寺や人家に分宿して介抱を受けていた。

プチャーチンは、三十数名のロシア水兵とともに江之浦近くの寺院に泊まっていた。

坦庵が訪れた時、軍服は金のボタンが失われ、泥と水に汚れ、寒さのために顔面蒼白の惨憺たる有様だった。だがプチャーチンは坦庵の姿を見ると、ひどく感動した様子だった。

「よく来てくれた。感謝している」

「何を仰る。あなた方は下田で我が身よりも先に窮地にある我が領民の救済を申し出てくれた。そしてその時、あなたは仰った、窮地にある者に救いの手を差し伸べるのは当たり前のことだと。我々もまた当たり前のことをしただけだ」

「あなた方は友達だ」

　プチャーチンは握手を求めた。

　握手という習慣には慣れていなかったし、異国人の手を握るということも初めてのことだったが、プチャーチンの気持ちは理解できたのだろう、坦庵も彼の手をしっかりと握りしめた。

　この時坦庵が感じていたものは、異国人同士でありながら、国と国の利害の交渉を離れ、同じ人間同士というところでつながった友愛のようなものだったかも知れない。遠く離れた異国が、生きた血肉を持った親しい友となった気がしたのである。

「食料、衣類、必要なものはなんでも言っていただきたい。乾パンもまた韮山から取り寄せよう。ただ、あなた方が失ったディアナ号のような艦船は、我々も提供することはできないかも知れないが、我々にできることなら力を貸すつもりだ」

「そう言っていただけると、本当にありがたい」

　プチャーチンの目は潤んでいた。

六

その夜プチャーチンらロシア人は濡れた軍服を脱いで身体を洗い、与えられた僧衣を身にまとって落ち着かない様子でいたが、やがて食事を取ってから僧坊で安心して眠ったようだった。

だが坦庵はその日、なかなか眠れなかった。やらねばならないことが多かったので頭を巡らせねばならなかったこともあったが、氷雨に打たれながら奮闘して体調がすぐれなかった。

若い頃からどんなにひどい寒さの中でも袷一枚で風邪一つひかずに暮らしてきた坦庵が、風邪をひいてしまったのかも知れない。

(私も歳を取ってしまったのだ)

苦笑し、坦庵は咳き込んだ。

それから一両日、ロシア人はそれぞれ寄宿した家や寺の世話を受けているうち、幕府から四十人分の士官用ラシャの衣類と、五百人分の下士官用のもんぺが届いた。

それらの衣服は決して彼らの望むような洋服ではなかっただろうが、乾いた肌触りのいい衣服に袖を通して、誰もが満面の笑みを浮かべていた。

この間下田にいる川路が樺太の見分をしたことのある上川伝一郎を寄こし、戸田にロシア人が当面泊まることのできる宿舎を作らせていた。川路はロシア人の要求を聞いて忙しく立ち働いてくれた。

材木や大工の手配などをして、みるみるうちににわか作りの小屋ができあがった。

　プチャーチンは他のロシア士官を伴って宮島村三軒屋浜の沖に船を出し、ディアナ号を引き揚げることに腐心していたが、今となっては引き揚げる術はなかった。

　宮島村から帰ってきたプチャーチンは元気がなかったが、しかし落胆したようでもなかった。むしろ何か覚悟を決めた様子に見えた。

　プチャーチンは坦庵の姿を見ると歩み寄ってきて言った。

「戸田で新しい船を造るつもりだ。我々に力を貸して欲しい」

「我々のできることなら何でも協力するつもりだが、新しく造るというのか、洋船を？」

　プチャーチンは肯いた。

「ドックがないから、ディアナ号のような大きな軍艦を造るのは無理だろうが、せめて百トンぐらいのスクーナ船が造れればいい」

「設計できるのか？」

「幸い設計はヒョートリュワーナとゴシケビッチという専門の技師が同行している。ただ、船大工は同行していない。あなたがたにお願いしたいのはスクーナ船を造る船大工と、技師、それから必要な材料の調達だ」

「必要な材料は用意できる。だが我々には和船を造ったことのある船大工はいても、彼らはあなた方の必要としている洋船を見たことも造ったこともない」

「船大工は腕は確かなのだな？」

「それは確かだ」

「ならばよしとするしかあるまい。ヒョートリュワーナとゴシケビッチが設計図を見ながら指示するから、彼らの指示通りに動いてくれればいいんだ。真面目な船大工と技師であればいい」

この時坦庵は、ふと長沢ら手代の顔を思い浮かべて言った。

「そういうことなら、船大工の他に洋船の建造を学びたいと思っている真面目な若者も加わらせてよいか？」

「それは一向に構わない。我々は故国へ帰る船が造れたらいいのだから」

「それはありがたい。あなた方の船造りを手伝いながら、我々もぜひ学びたいのだ」

坦庵は満面の笑みを浮かべた。

「そうか。分からないことがあれば、なんでも技師に訊いてくれればいい。彼らはちゃんと答えてくれるだろうから」

坦庵の心は高揚していた。ロシア側の依頼は、日本の船大工や若い技師達が洋船の建造を学ぶ絶好の機会でもあった。

(天がもたらしてくれた機会だ。洋船の構造と造船法を徹底的に身につけさせよう。腕のいい船大工と洋船の造船を学びたい若者をできるだけ集めるのだ)

坦庵は書状を書いて詳細な事情を幕府と下田の川路に説明し、すぐに準備に取りかかった。幕府も洋船の製造に協力することの意義を大いに認めているようだった。

　プチャーチンは日露の会談を継続するため、ポシェットらと共にバッテーラ（小舟）に乗り込み、下田へ戻っていった。ロシアの水兵達は二団に分かれ、江之浦から戸田へ移動した。

　坦庵は戸田村から七人の大工棟梁を選んで世話掛を命じ、周辺の村から多くの船大工や人足を集めた。使いを遣って韮山にも連絡し、長沢をはじめ、柴弘吉、市川来吉といった塾生達を呼び寄せることにした。

　造船場は海岸を覆うように張り出している岬の牛ヶ洞に設けられた。牛ヶ洞の辺りは松の木が西側からの海風を防ぐように茂っていて、内側の湾が激しい風波から守られていた。

　ヒョートリュワーナとゴシケビッチらとともに牛ヶ洞の辺りを歩き、一番広くなっているところで立ち止まった。

「作業場はこの辺りにしよう」

　小なりといえども、それが戸田港に誕生した造船所だった。

　ディアナ号が沈没する前にロシア兵達は工具を持ち出していた。

　ヒョートリュワーナとゴシケビッチの指示で、造船所に船架が造られることになった。

　韮山からやってきた長沢や柴は表情が明るかった。

　牛ヶ洞の造船所予定地にやってきて、辺りを歩き回ってはしゃいでいた。

「いいか、お前たち。ロシアの技師の言うことをよく聞いて、洋船の造船技術をしっかりと身につけておけ」

「任せて下さい、先生」

と長沢、柴、市川は胸を叩いて見せた。

造船所のある牛ヶ洞から松林を抜けて歩いて行くと、冬の駿河湾は強い風が吹いて、黒い海上に無数の白波が立っている。沖合に小さな岩礁が波間に見え隠れしている。

「造船所はこの強い風から守られているのですね」

ついてきた長沢が言った。

「風だけではない。アメリカ船やフランス船が通っても見えないというのがロシアにはありがたいらしい」

戸田でロシア人の指導の下洋船造船を行うという取り組みには、幕府でも大きな期待を寄せていた。この話を聞いた水戸藩も技術習得のため船大工を送ってきた。日本の船大工が西欧の造船技術を身につければ、黒船に匹敵する軍艦を作ることができ、やがては艦隊を組織することも考えられた。海軍によって海防をする、それは坦庵がかねてから主張していた持論であったが、これまでは夢物語でしかなかった。

幕府は勘定奉行水野筑後守をはじめ多くの幕吏を送ってきた。沼津藩、小笠原藩にも藩士を送らせた。戸田港の界隈は、五百名のロシア人の他に大勢の船大工と人夫と役人が集まり、造船という一つの目的のために忙しく働いていた。

（夢が現実のものになりつつある）

坦庵はそういう実感を持った。

佐賀藩も開明的な藩主鍋島閑叟が船大工を送ろうとしたようだが、阿部以外の老中達の反対にあったという。反射炉の築造に成功した佐賀藩が洋船造船においても幕府を凌駕するような事態を懸念してのものだろう。坦庵は筆頭老中阿部の後ろに隠れて幕府の保身のことしか念頭にない老中達の姿を思い浮かべた。

しかし今坦庵のいる戸田では、何もかもが躍動的に未来へ向かって動き出していた。

ヒョートリュワーナとゴシケビッチはディアナ号から運び出された荷物の中から過去の設計図を発見し、それをもとにスクーナ船を設計した。ディアナ号の乗組員の中に大工や鍛冶の経験者は数名だけだったので、造船のための船大工は戸田浦の七名の船大工を中心として、戸田浦、松崎間の村々の四十名ほどの船大工と人夫百五十名を雇った。

彼方の戸田浦御浜崎では、人夫達が松の木を切っている。造船用の資材にするためだ。

しばらく眺めていると、沼津の方から材木を積み込んだ船が数隻戸田港の方へ向かってくる。狩野川河口の千本松原の松を切り、牛ヶ洞に運んで来るのである。

材木以外の、銅板、銅棒、鋲、釘など造船用に必要な金物は江戸で調達し、戸田浦まで運ばせている。

人も道具も材料もどんどんそろっていく。自分の担う役割が目標に向かって着実に進んでいるという実感を感じて坦庵は嬉しかった。

「来春には新しい船がここから出発するのですね」

「そうだ」

感慨深かった。

それは故国に向けてのプチャーチンらの旅立ちであるとともに、日本の洋式造船の旅立ちでもあるはずだった。

しばらくするうち、冷たい風が身体に堪えたのか、坦庵は身を縮め咳き込んだ。

「先生、お体に毒です。もう戻りましょう」

心配げに長沢がそう言った。

七

坦庵は弟子達を連れて牛ヶ洞の造船所を後にした。

宿所に向かう道筋に建っているロシア兵達の長屋近くまで来た時、坦庵は足を止めた。

「おい、あれは？」

小屋から大量の水蒸気が出て、香ばしい臭いが坦庵の方まで流れてきた。

小屋の入り口が開いているので、中が覗き込める。しかし中を覗き込むより先に、

「やあ、タンアンさんだ！」

という声が坦庵と弟子達を迎えた。坦庵と弟子達はロシア兵達に誘われるまま小屋に入った。

彼らは坦庵達に仲間のように親しみを込めて、

「パンを焼きました。さあどうぞ、私たちの焼いたパンを食べて下さい」

坦庵はロシア人のために小麦粉二百六十俵を江戸から取り寄せていたことを思い出した。米よりも小麦粉の方が彼らに喜ばれるだろうと思って、そうしたのである。小麦粉が届くと、彼らはたまらなくなってパンを焼いたのだ。

見ると、小屋の台所にパン釜が据え付けられ、こんがりと焼き上がったパンが中央の台に並べられている。

「さあ、どうぞ」

言われるまま口に運んでみると、ふっくらとして柔らかくしかも甘みのあるパンだった。韮山で自分たちが作ってきた乾パンと比べると、なんとも美味しい食べ物としか言いようがない。

「塩だけじゃない。砂糖とか卵も入っていて、実にうまい」

長沢、柴、市川もそれぞれ実に美味しそうにパンを食べていた。食べ終わってから長沢が言った。

「先生、我々はパンの作り方の方も学ぶべきでしょうか？」

「パンの作り方を？」

どういうつもりで言ったのか、坦庵ははかりかねて長沢の顔を見た。

パンの味のことで長沢が言っているのなら、

「パンは保存食だから、味などにこだわってはいかん」

と坦庵は答えたであろう。

だが肝心なことは味のことではない。思い起こせば、ロシア人らと気心が通じ合って洋船建造が可能になったのは坦庵が持ち込んだ乾パンのおかげだったかも知れない。ちょっとしたことがきっかけで思ってもみなかった世界が開けることもあるのだ。弟子達が彼らとともにパンの作り方を学ぶというのなら、そこでまた新しい世界が広がるかも知れないではないか。そういう可能性の芽を摘むべきではない、と坦庵は思う。

「うむ、そうだ、きっとそうすべきだろう」

坦庵は弟子達に温かな眼差しを注ぎながらそう言った。

《了》

佳作（小説）

はぐれ雁《がり》

戸《と》川《がわ》　桜良《さくら》

火急の用なれば疾く参られたし――。

兄の郎党である団三郎から言付を受け取った瞬間、曽我祐信の義息、曽我五郎時宗は、ぞわりと込み上がるものを知覚した。

いよいよかという緊張と、覚悟に闘志、そしてほんの僅かな寂寥に突き動かされながら、早速、兄が逗留する大磯の宿場に向かうと、兄、曽我十郎祐成は獲物を見つけた獣のごとく目を爛々と輝かせ、開口一番にこう言った。

「喜べ、五郎。近く、我ら兄弟の宿願が、ついに叶うぞ」

「では、決まったのですか」

「ああ。五月に、富士野と藍沢で狩りが催されるそうだ。憎き左衛門尉も、姿を見せる」

「ようやく――ようやく、亡き父上の無念を晴らせるのですね」

「その通りだ、五郎」

十郎が、にっこりと笑った。獰猛な犬のような荒々しさを持ちながら、時折こうして、少年時代の面影を覗かせる兄だった。

十三年前の治承四年、五郎は初めて、今まで父と呼び慕ってきた曽我祐信が実の父でないと知った。当時、五郎は七歳、幼名を筥王。九歳の十郎が一万という幼名で呼ばれていた頃のことだ。

「見ろ、筥王。雁が飛んでいるぞ」

曽我の里で、夕暮れの空に浮かぶ中秋の名月を眺めていた筥王に、兄がそう呼びかけたことが、全ての始まりである。

「ほんとうですね、兄上。一、二……ぜんぶで五羽でしょうか」

筥王は無邪気に声を弾ませた。だが弟とは対照的に、一万は九つの少年には不似合いの、暗く鋭い眼差しを雁に突き付けていた。

「雁は良いな、筥王」

「なぜですか？」

「あの大きいのは父、次に大きいのは母、残りの小さいのは子らであろう。雁でさえ親子揃っているというのに、我々はそうではない」

夢中で雁を目で追っていた筥王は、驚いて兄を見やった。

「わたしたちにも、父君と母君がおられるではありませんか」

「ふん、無知というのは、いい気なものだな」

憤然と、一万は吐き捨てた。昔から一万は、癪が強い性質だった。常に眉を吊り上げ、肩を怒らせて歩く兄は、幼い筥王にすら、八つ当たりできる相手を求めているように見えた。そしてこの日、筥王はついに真実を知ることになる。

「曽我の父上は他人だ。我らの本当の父上は、河津三郎と仰る方だ」

「それはまことですか」

ふんと鼻を鳴らして言ってのけた一万に、筥王は目を見開いた。

筥王にとって曽我祐信は、御所――かの源頼朝に仕える自慢の父であった。けれど一万は、それはまことの父ではないと言うのだ。

「では、なぜ本当の父上は、ここにはいらっしゃらないのです」

「殺されたからさ」

そうして筥王は知った。実父、河津三郎が四年前に非業の死を遂げていたことを。

それは、狩りの席で起きた不運な事故であった。頼朝の重臣である工藤左衛門尉祐経の放った矢が、たまたま居合わせた河津三郎を射抜き、絶命せしめたのだ。

だが、一万は言った。父の死の真相は、事故ではなく、意図されたものだったのだと。当時、河津三郎の父祐親と、工藤祐経は所領を巡り対立関係にあった。そのことで恨みを持った工藤祐経が、祐親の嫡男を――兄弟の父を暗殺したと言うのである。

「まことの父上が亡くなられたあの日、あの時の母上の涙を、俺は生涯忘れんぞ。俺はいつか必ず、父上の仇を討ってみせる」

高らかに宣言した一万を、筥王はじっと見つめてから、空に視線を戻した。雁の群れは、いつの間にか遠くなっていた。それに向かって目をすがめながら、不意に筥王は、そうか、と思った。

自分が本来あるべき場所は、曽我の里ではないのか。兄と自分は、群れの頭を失い、地に迷い下りた、はぐれ雁だったのだ……。

ひゅんと、何かが宙を切る音がして、筥王は音の出所を見やった。一万が竹と芒で作った手製の弓矢をつがえ、遥か遠い雁の群へ、届くはずの無い矢を放っていた。

筥王は周囲を見渡し、木の枝や蔦を拾い集めると、見よう見まねで弓のようなものを作り始めた。すぐに、一万が気付いた。いつも不機嫌そうに顰めている眉を高く上げ、それからにっこりと笑う。

「筥王。俺を真似るか」

「はい、兄上」

「そうか。ならば共に、父上の仇を討つか」

歯を見せて笑う兄の姿を、筥王は初めて目撃した。その顔をもっと見たい。そう思った時にはもう、兄に頷いていた。

「はい、ご一緒いたします！」

元気よく声を張り上げる筥王に、一万がいよいよ声を立てて笑った。筥王は嬉しくなり、兄と一緒になって木刀を持ち出すと、屋敷の障子という障子を、仇に見立ててずたずたに破り遊んだ。

後でそのことを知った兄弟の母は顔を青くし、仇討ちなど考えてはならぬと二人に言い諭したものの、その後も筥王と一万は、母の目を盗んでは、共に修行に明け暮れた。

これではいけないと、母は思ったのだろう。十一歳の時、筥王は僧侶になるべく箱根山に上がることが決まり、兄から引き離された。

だが箱根山で仏門の修業に励むようになってからも、ふとした瞬間に思い浮かぶのは、常に、曽我の里に残された兄のことであった。

母にはもう、曽我の父がいる。だが、自分と兄は、互いに互いしかいない。ただでさえ二羽きりのはぐれ雁なのに、兄を一人にして安穏と読経に明け暮れるなど、許されることなのだろうか……。

十七歳になり、正式な出家の日取りが決まった時、筥王は覚悟を決めた。闇夜に紛れて箱根山から脱走し、兄の元へ馳せ参じた。

（やはり、兄上を一人にはしておけぬ）

筥王を突き動かしたのは、ただその一心であった。

すでに元服し、名を十郎祐成と改めていた兄は、あの名月の日のような満面の笑みを以て筥王を迎えてくれた。

「よく来た、筥王。本当に、よく来てくれた」

その笑顔に、筥王は自身の判断が正しかったことを確信したのだ。

この一件を知った母からは勘当を言い渡された。筥王とて、そのことに心苦しさが無かったわけではない。けれど兄が笑ってくれるならば、生涯を仇討ちに捧げても構わない。心の底からそう思った。

その想いは、筥王が十郎の手配で元服を果たし、五郎時宗と名を改めてから今日にいたるまで、ただの一度も揺らぐことは無かった。

たとえそこに、誰かの思惑が絡んでいるのだとしても……。

「近く、亡き後白河院の喪も明ける」

十郎の声に、遠い昔へ思いを馳せていた五郎は、はっと我に返った。十郎は少年のように目を輝かせながら、熱弁を振るっている。

「それに合わせ、禁猟が解かれるのだそうだ。大勢の御家人が動員されるそうだから、我々が紛れ込んだところで、怪しまれまい」

「なるほど。しかしそのような詳細な情報を、どこから得たのです」

「決まっているだろう。我らが殿だ。お前の烏帽子親だ。かの北条時政以外に、一体誰が、これほど早く御所の動静を把握できようか」

十郎が誇らしげに断言する。だが、五郎は表情をさっと蔭らせた。

北条時政、言わずと知れた頼朝の舅は、不遇の兄弟を庇護してくれた恩人であった。曽我の父と折り合いが悪く、出奔して各地を転々としていた十郎を家人に取り立てたのも、筥王の元服を執り行い、五郎時宗という名を授けてくれたのも、時政である。

その上、時政は兄弟の心情にも深い理解を示し、仇討ちを望むのであれば、いかなる援助も惜しまぬと誓ってくれたほどであった。

だが、盲目的に時政を信奉する十郎と違い、五郎は腹に一物ありげな猫なで声を発する時政を、どうしても好きになれなかった。

(結局、俺も兄上も、殿の掌で踊らされているだけではないのか)

第一、時政が工藤祐経と同じ伊豆の豪族であることが気にくわなかった。仮に兄弟が首尾よく仇討ちを成し遂げれば、それは時政の伊豆での勢力拡大につながる。兄弟の仇討ちは、時政にとって得にしかならないのだ。

五郎の懸念をよそに、十郎は続ける。

「殿によると、近ごろ御所の弟の範頼殿を中心に、常陸勢が怪しい動きを見せているらしい。御所の関心がそちらに向いている今こそ好機だ。殿も、この隙をついて仇二名を討ち果たし、本懐を遂げよと激励してくださった」

「仇、二名？」

五郎は嫌な予感を抱いた。

「殿は左衛門尉の他、もう一人、誰を仇と仰っておられるのです」

「馬鹿を言うな、五郎。御所以外に誰がいる」

予感的中——五郎は息をのんだ。

「兄上、本気で仰っておられるのですか」

「五郎。御所も——あの頼朝も、我らの仇であることを忘れたか」

「千鶴丸のことですか」

思わず五郎は呻いた。

かつて頼朝には、時政の娘、政子との間に生まれた頼家よりも先に誕生した男児がいた。名を千鶴丸という。

ところがこの千鶴丸の母、八重姫は、曽我兄弟の祖父である、あの河津祐親の娘であったのだ。さらには千鶴丸誕生時、世は平氏の天下であり、源氏は逆風の最中にあった。

平氏の宿敵である源氏の嫡流の子を養育していることが知れれば、どのような災いが舞い込むか知れたものではない。危惧を抱いた祐親が、八重姫から千鶴丸を奪い取り、殺害せしめたのは、当時の情勢を鑑みれば当然の判断であっただろう。

その千鶴丸の死を巡る恨みから、頼朝が、かねてより河津一族に怨恨を抱いていた工藤祐経を唆し、事に及ばせたに違いない。十郎は、そう言っているのだ。だが、五郎は首を左右に振った。

「しかし、それは単なる噂でございましょう」

「そうは言うが、この話を明かして下さったのは、殿なのだぞ」

だから信用ならぬのです。そう言いかけた五郎は、寸でのところで言葉を飲み込んだ。それを口にすれば、兄の逆鱗に触れるのは必至であった。辛うじて口にできたのは、苦し紛れの一般論だけだ。

「今、御所を亡き者にして、誰がこの先の舵取りを担うのです」

「若君がおられるではないか。殿の血を引く、立派な後継ぎが」

(では、御所は用済みということか)

五郎は唇を噛んだ。源氏の棟梁として源平の騒乱を収め、武家の世を確立し、北条の血を引く子を成した以上、頼朝にはもう利用価値がないと。むしろ時政が実権を握るのに目障りでしかないのかと。

（だが、殿の考えに賛同できぬからといって、俺に何ができる）

暗然たる思いで、五郎は自身のくたびれ、擦り切れた着物を見やった。続いて兄に視線を巡らせれば、やはり布地の色褪せた、貧しい装いである。後ろ盾が無いに等しい兄弟にとって、時政の援助が無ければ仇を討つどころか、日々の暮らしすらままならぬのだ。

（もとより俺に、選択肢など無い）

ぐっと黙り込んだ五郎に、十郎が一瞬、何かを言いたそうな顔をしたが、結局、沈黙したままだった。次に口を開いたのは五郎だ。

「しかし、狙うとなれば皆が寝静まった夜半になりましょうが、標的がどこに宿を取るのか、そのあたりはどう探りましょう」

「心配ない。宿の手配は、殿がされるそうだ。我等はただ殿の合図に従い行動を起こせばよい——もう、残された時は少ないぞ、五郎」

ふと、十郎は重苦しい表情で言った。

「本懐を遂げれば、我等もまた死ぬだろう。御所と、その重鎮を暗殺するのだからな。故に五郎。俺は虎女を手放すことに決めた」

五郎は息をのんだ。虎女とは、十郎が寵愛している遊女の名だ。

「愛妾とはいえ、連座に問われぬとは限らぬからな。虎女とはもう話をした。五郎。お前も早く別れを済ませろよ。未練を残せばそれだけ剣先も鈍るというもの」

兄の忠告に、思わず五郎は目を閉じた。

（亀鶴……）

目蓋の裏に、虎女とは違う、一人の女が映った。


五郎が自身の宿に戻ると、戸口で鬼王丸が五郎の帰りを待っていた。鬼王丸は、五郎と十郎がまだ河津姓であった頃から仕える、五郎の守役であった。さらに鬼王丸には弟がいて、名を団三郎という。先ほど五郎に十郎の言伝を持ってきた郎党がそれだ。

「五郎様。亀鶴様が、先ほどからお待ちでいらっしゃいます」

「待っていた？」

鬼王丸の言葉に違和感を覚え、五郎は眉を顰めた。そのまま中に入ると、五郎の愛妾である亀鶴が、背筋を伸ばして待ち構えていた。

「お帰りなさいませ」

三つ指を突き、たおやかに頭を下げる亀鶴に、何とはなしに威圧めいたものを感じ、五郎はたじろいだ。

「どうした、亀鶴。何かあったのか」

「ございましたとも。五郎様が出掛けられてすぐ、虎女殿から文が」

ぎくりと、五郎は身を固くした。

「虎女殿から、何か知らされたのか」

「何、とは、何のことでしょう。五月に富士野で大きな巻狩りが催されることでしょうか。それとも、その狩りに父君の仇が現れるということでございますか。もしくは後顧の憂いを断つために、虎女殿が十郎様より離縁を言い渡されたことでございますか」

「つまり、全て知ったのだな」

五郎は呻き、それからすぐに表情を改めた。

「ならば話は早い。亀鶴、我々も今日を限りに今生の別れだ。他の男を探すなり、里に帰るなり、自由に身を処すが良い」

わざと棘のある物言いをした五郎であったが、亀鶴は色めき立つことなく、冷静な視線を五郎に注ぐばかりである。

たちまち五郎は分の悪さを覚え、身じろぎした。もともと五郎は、亀鶴の切れ長の双眸に射竦められると、どうにも弱いのだ。

箱根山を下りたその日から、五郎は自分が長くは生きられぬであろうことを覚悟していた。だが、いずれ死にゆく身の上を思うと、時折、生きているという実感が無性に欲しくなった。そして生に楔を打ち込むように、一人の女を愛した。それが亀鶴であった。

虎女と同じ遊女である亀鶴は、肌は浅黒く、唇も分厚かったが、目鼻立ちのはっきりとした、人目を引く美女である。どこか逞しささえ感じられ、五郎は、この女であれば自分亡き後も一人で生きて行けるだろうと思ったのだ。それに、亀鶴の媚の無い笑みや快活な物言いは、五郎に夏の微風のような爽快感を与えてくれた。

しかし、今はその声も、五郎の胸を千々に乱す素因である。

「好いた方が死地へ向かおうとしていながら、素直にお言葉に従う女がどこにいましょう」

きっぱりと断言した亀鶴に、五郎は狂おしいほどの愛しさが込み上げてくるのを自覚した。だが、抱き寄せてしまいたい衝動を堪え、眉間に力を込める。

「虎女殿は、聞き入れられたのだろう」

「それで虎女殿が嘆かれなかったとでも？」

「さてな。だが、俺や兄上の連座としてお前たちが罪に問われるよりは、よっぽどましだ」

亀鶴が僅かに目を見張った。そして小さく、「勝手な方」と呟いた。だが先刻までに比べると、明らかに気勢の削がれた声であった。

「どうせ、北条殿に唆されたのでしょう。五郎様はさして北条殿を好いていないように見えましたが、結局、言いなりになるのですね」

「好き嫌いは関係ない。殿には大恩がある。それは事実だ。そして俺は、命を惜しんで恩知らずと罵られることだけは耐えられぬのだ」

「長生きをすれば、いずれ汚名をすすぐ機会も巡ってきましょうに」

「女に女の生き方があるように、武士には武士の生き様がある。お前の言うそれは、俺の望む生き様ではない」

「ならば、私も連れて行って下さいませ」

さらりと言った亀鶴の言葉を、五郎は危うく聞き逃すところであった。

「なに？」

「私が望むのは、ありきたりな女の道ではありません。五郎様と共にある道です。たとえそれが、黄泉路であったとしても」

亀鶴の静かな、だが決意に満ち満ちた声は、不意を突かれた五郎の胸にまっすぐ突き刺さり、五郎は返答に窮した。

「……女に戦はできまい」

かなりの時間をかけ、そう答えた。亀鶴が柳眉をそびやかし、五郎を睨む。だが、不意にその眉が震えた。亀鶴は、そのまま表情を隠すかのように五郎に背を向けたが、ほんの一瞬、亀鶴の目に光る何かを、五郎は目撃してしまった。

五郎の腕が無意識のうちに亀鶴へ伸びる。だが、すぐに我に返り、五郎は腕を下ろした。そのまま拳を握り込めば、食い込む爪の鋭い痛みが、皮膚を貫き、五郎の心の奥まで及んでゆく……。

やがて亀鶴が立ち上がった。五郎を見返った顔にはもう、涙の跡は残っていなかった。

「分かりました。そこまで仰るならば、五郎様のお言い付け通り、好きなように致します」

では支度がございますので、と限りなく感情を殺した声と共に辞していく亀鶴の背を、五郎は最後まで見届けずに目を閉ざした。そうでもしなければ、五郎の方こそ、涙が零れてしまいそうであった。そんな醜態を亀鶴に晒すわけにはいくまい。

（許せ、亀鶴）

心の中で、五郎は詫びた。口に出したところで、余計に別れ難くなるだけであると、五郎には分かっていた。

鬼王丸、団三郎を引き連れた曽我兄弟が、養父曽我祐信と共に富士野へやって来たのは、建久四年五月十五日のことである。

広大な富士の裾野を渡る薫風が、しきりに草葉を揺らしている。陽光を弾いて白くさざめく大草原を、北条、工藤、梶原をはじめとする名立たる重鎮が、華々しい狩装束を纏って轡を並べ、頼朝に付き従っている。勢子や射手を含めれば、随行する者はもはや数えきれず、この様子を遠くから見れば、ひしめく武者らは一つの黒い波の如く富士野を飲み込むように映っただろう。

宿の手配のため事前に現地に入っていた時政は、頼朝が到着すると、その対応に追われ、五郎や十郎と顔を合わせることはなかった。後々兄弟の連座に問われぬよう、兄弟との接触を極力避けているのだろうか――五郎はそう思わずにはいられない。

逆に、真っ先に連座を問われる立場にあるのは養父祐信であろう。この計画を立案した際、養父を巻き込むことを危惧した五郎に対し、十郎は初めから「構うものか」と突き放す態度を取っていた。

「犠牲無くして大儀は成り立たぬ。母上には申し訳ないが、曽我の父に含むところが無いわけでもない」

そう嘯く十郎は、祐信にすでに嫡男がいたこともあり、以前から祐信を嫌っていた。後妻の連れ子に過ぎぬ十郎には、祐信から分け与えられる所領など無く、それが十郎の不満を募らせる原因となったのだ。だからこそ十郎は、箱根山を下りた五郎の手を引いて北条館に向かい、時政を五郎の烏帽子親にしたのである。

だが五郎にとって養父は、温和で誠実な人だった。所領が少なく、十郎や五郎に分与する余裕が無いのは、養父の咎ではない。むしろ、河津三郎の死後、路頭に迷っていた母子三人を快く迎え入れてくれた恩人だ。実父の仇討ちが大儀であろうとも、養父の恩を裏切らねばならぬことに、罪悪感さえ覚えた。

（それに、母上にも申し訳ないことをする）

養父に続いて浮かんだ顔に、五郎は表情を曇らせた。

十郎の取り成しによって、五郎は先日勘当を解かれ、母と再会した。今、五郎や十郎が纏っている小袖は、富士野の狩場に行くのに見苦しい恰好ではいけないと、母が新しく用意してくれた物である。五郎たちがこれから何を成そうとしているのかも知らず、ただ純粋に三年ぶりの再会を喜んでくれていた母……それをじきに絶望の淵に突き落とすのだと思うと、五郎の胸は重く塞いだ。

「どうした、五郎。浮かない顔だな」

富士の裾野に立ち尽くし、暗然と母のいる曽我の里の方角を眺める五郎に、養父が優しく声をかけてきた。その向こうでは十郎が、五郎を咎めるような目付きで睨んでいた。

「いえ、これほど大規模な狩りに随行するのは初めてのことですから、どうにも迫力に気圧されてしまっているようです」

「気圧されることなど無い。お前も随員の一人なのだ。これらすべての射手と一人で戦うならばともかく、今は共に獣を追う味方よ」

五郎の視界の奥で、ぎくりと十郎が身を強張らせる。養父は極めて真相に近いことを口にしたのだが、それに気付いてはいなかった。

「この狩りの目的には、確かに戦の演習という側面もある。だが、所詮は訓練だ。肩の力を抜いて、お前の思うように動けばいい。それを実際の戦に生かせばよいのだ」

「近々戦があるのでしょうか？」

「……ここだけの話、朝廷は未だに復権を目論み、武家政権への介入の機会を狙っている。それに近々常陸勢が範頼殿を担ぎ上げて謀反を起こすのではという噂もある。他にも地中には災いの種が数多潜んでいよう。常に戦に備えておくのも、武士の務めよ」

私もまた、地中の種の一つなのです！　とっさに五郎は、養父に向かって叫びたくなった。だが、それもかなわず硬い表情で沈黙した五郎の背を、祐信は温かい掌で軽く叩いたのだった。

この日、富士野の狩場で一つの珍事件が起きる。

鎌倉の名だたる武人が総出でお越しだという噂を聞きつけて、近隣の宿場に住まう商売気質の遊女たちが殺到したのだ。

頼朝や、それらしき偉丈夫を見かける度に、遊女らは黄色い声を上げ、押し合いへし合い男たちに群がろうとした。押されて転倒し、運悪くそのまま他の遊女に踏みつけられた女もいたようである。

「商魂逞しいのは結構だが、一周回ると見苦しいものだな」

好色家として知られる頼朝も、馬よりも多い女の数にさすがに辟易し、御家人の一人、里見義成を呼びつけた。

「義成。お前を遊君別当に任命する。優れた女のみ選抜し、それ以外は宿場に帰すように」

義成は恭しく一礼したが、頼朝の前から下がった後、うんざりとした様子でぼやいた。

「まさかこのような場所に来て、女の面倒を見ることになるとは」

けれど、主命を放り出すわけにもいかない。義成は遊女一人一人と面談し、里に帰す者と、居残りを許可する者へと篩にかけた。

「では、次の者」

立ち込める白粉の匂いにむせ返りながら、義成は何十人目かの遊女に目を向けた。そして、とっさに声を失った。

それはまさしく美女であった。豊かな胸と、健康的な浅黒い肌が艶めかしい。少々唇が分厚すぎるようにも思えたが、それが女の生き生きとした輝きを、一層際立たせているようにも見える。

「黄瀬川宿より参りました、亀鶴と申します」

目を奪われたまま立ち尽くす義成へ、女は艶やかな笑みを湛え、そう名乗った。


一行が富士野に入ったその翌日から、本格的な狩りが始まった。

時政から仇討ちの決行日が知らされるまでの間、兄弟は他の御家人らと共に、何食わぬ顔をして狩場に紛れ込んでいたが、昼前になって、養父から一風変わった命令を与えられた。

「若君の狩りを、陰から支えよ？」

五郎は首を傾げて養父の言葉を繰り返した。

若君とは無論、頼朝の嫡男頼家のことだ。齢は十二にして、此度の巻狩りにも参加している。祐信は頷いた。

「御所様直々に、私や愛甲殿へご命令があってな。若君が鹿を仕留められるよう、それとなく獲物を誘導し、射易くしてはくれぬかと」

「ははあ、御所様は、若君に後継ぎとしての箔を付けて差し上げようとお考えなのですね」

頼朝の親心に満ちた命令に、五郎は思わず笑った。笑ってから、その裏に隠されたものに気付き、ぞっとなった。

（殿は、これを待っていたのか）

鹿は神の遣いとしてみなされる。故に頼家が鹿を狩れば、神から頼朝の後継者として認められたと、周囲に示すことになるだろう。

　そうなれば、いよいよ頼朝は用済みである。時政は頼朝を排除して頼家を擁立し、陰から政権を操ろうとするに違いない。

（だから殿は、決行日は後々定めると仰られたのか）

　ちらりと十郎を見やると、十郎が頷いた。その頬は、興奮のためか紅潮していた。十郎も時政の思惑を悟ったのであろう。そこで正午、二人は狩りが小休止となった間を見計らって、鬼王丸、団三郎兄弟を狩場の近くの滝に呼びつけた。

　密談にはうってつけの場所で、豪快に水の流れ落ちる滝壺の側であれば、声が外に漏れ聞こえることはない。五郎たちが音止の滝と名付けたこの滝の側で、十郎が重々しく口を開いた。

「これより我らが形見を託す。それを携え、急ぎ曽我の里に戻れ」

「何を仰います！」

　ぎょっとして叫んだのは、団三郎であった。大柄な体躯に似合いの大音声に、五郎は滝の轟音も団三郎にだけは負けるのではないかと危ぶんだ。十郎は団三郎をちらりとも見ずに、用意しておいた形見の数々を鬼王丸と団三郎の前に並べていく。

「文と、お借りした小袖は、形見として母上にお渡ししてくれ。弓矢、沓、行縢はそれぞれお前たちが取るがいい」

「お待ちください。なぜそのような非情なことを仰るのです」

顔を真っ赤にして団三郎が頭を振る。十郎に似て直情的な団三郎を諌めるのは常に鬼王丸の役目であったが、今日ばかりは鬼王丸も、目に心外の色を宿して言った。

「五郎様、十郎様。なぜ、我ら兄弟に、共に行こうと言って下さらぬのです。我らが頼りないと、そう仰るのですか」

「そうではない、鬼王丸。お前たちの忠義は、実に尊いものだ。我らのような貧乏者に今日まで仕えてくれたお前たちを、誰が頼りないと罵ることができよう」

五郎は強い声で言い切ると、十郎もまた頷いた。

「五郎の言うとおりだ。別に、お前たちが臆病者だから連れて行かないのではない。ただ、たった二人の仇を討つのに、お前たちの手を借りるまでも無い。それだけのことよ」

「しかし！」

「分かってくれ、団三郎。それに鬼王丸。ただでさえ母上には逆縁の不幸をせんというのに、形見すら残さぬというのは、不義理の極みというもの。お前たちにしか頼めぬのだ」

うなだれる二人の郎党に、五郎の目頭が熱くなる。それを隠すように、五郎は自らの文を手に取り、鬼王丸の手に握らせた。

「母上に、最後にお会いできて嬉しゅうございましたとお伝えしておくれ。それから、こちらは曽我の父上宛の文だ。いずれ折を見てお渡ししてくれ。ここに、お前たちのことをよろしく頼むと、よくよく書き記しておいた。我ら亡き後は、曽我家に仕えるがいい」

　ところが、鬼王丸は首を左右に振った。

「ありがたく存じます。しかし我ら兄弟は、もともと河津家と、河津家の遺児であるお二人に仕えていたのですから、お二人亡き後も曽我家に残る理由はございません」

　五郎は思わず、泣き笑いのような表情を浮かべた。義理堅い鬼王丸らしいと思った。

「そうか。では、今後の身の振り方は各々に任せよう。だが、時折でいいから、亀鶴や虎女殿の元へ顔を出してやってはくれぬか」

　十郎も頷いた。

「ああ、それはいい。虎女のことだ。きっと泣き暮らしているであろう。慰めてやってくれ」

　ううっと、団三郎が男泣きを漏らした。

「十郎様。やはり、ご一緒しとうございます」

「くどいぞ、団三郎！」

　十郎が一喝した。憤然たる風を装っていたが、声はどこか力無く、迫力と説得力の双方に欠けた。常に威風堂々たる十郎の、情に流されるわけにはいかぬとばかりに眉間に力を込める様に、かえって五郎は目頭を押さえた。鬼王丸もぎゅっと目を瞑ったまま天を仰ぎ、必死に涙を堪えようとしている。

「さあ、いつまでも泣いていないで、さっさと行け！」

　十郎が荒々しく言い捨て、二人の忠臣に背を向けた。鬼王丸が無言で頭を下げた。かなりの時間をかけて、団三郎もそれに倣う。それを見届けてから、五郎も背を向け、十郎と共に滝を後にした。

　その時、流れ落ちる滝の音を突き破る、悲痛な咆哮が聞こえた。五郎と十郎が振り返ると、団三郎が地面に突っ伏して泣き喚き、その背に鬼王丸が手を当てながら、やはりむせび泣く姿が見えた。

「果報者だな、俺たちは」

　十郎が呟いた。五郎は答えなかった。答えるまでも無かった。


　午後になり、狩りが再開された。

　五郎と十郎は群衆から離れた場所で馬を駆り、獲物とすべき鹿を探している。その時、不意に十郎が鋭く言った。

「五郎、止まれ」

　十郎が身振りだけで、五郎に木立の奥を見るよう促した。そこに、一頭の鹿がいた。ぴんと耳を立て、兄弟の様子を窺っている。菩提樹のような大きな角を持つ、立派な牡鹿であった。

「あれなら、若君の初手柄にふさわしかろう」

　兄弟は頷き合うと、いったん鹿から遠ざかった。それから鹿が辛うじて見える木陰に十郎だけが残り、五郎はさらに奥へ分け入った。そのまま大きく迂回し、鹿の死角に潜りこむ。

　そこからは阿吽の呼吸であった。五郎が馬に鞭を当てて駆け出すのと同時に、十郎が合図も無しに鹿へ突進した。

驚いた鹿がたちまち駆け出す。兄弟は鹿を挟んで並走しながら、鹿が右へ曲がろうとすれば五郎が、左へ逃れようとすれば十郎がその前に躍り出て、思い通りの方角に鹿を誘導していった。

「五郎、若君の陣が近いぞ！」

十郎が叫んだ。声につられて顔を上げる。源氏嫡流を示す無地の白旗が枝葉の隙間にちらりと翻るのを見た瞬間、つい、五郎の気が緩んだ。不運にも、それと同時に五郎の馬が木の根に躓いた。五郎の上体が大きく泳ぎ、体勢を整える間もなく、地面に落下していく。

「五郎！」

「問題ありません、兄上。行ってください！」

五郎が上半身を起こして無事を知らせると、十郎は右手を一度大きく振り、鹿を追って木々の奥へと消えて行った。

五郎は身体についた土埃を払いつつ、立ち上がった。痛みはあったが、大事は無いようである。しゅんとした様子の愛馬の視線に気付くと、五郎は苦笑交じりに歩み寄った。

「気にするな。幸い、怪我も無い」

軽く愛馬の首筋を叩くと、遠くから、わっと喝采が上がった。

「鬼王丸、どうやら兄上が誘導した鹿を、若君が仕留めたようだぞ」

笑って振り向くが、そこに十数年来の郎党の姿は無い。ただひんやりとした風が、吹き抜けるだけである。

そうだ、鬼王丸はもういないのだと、五郎は笑みを収め悄然とした。

（兄上の他、味方は誰も、どこにもいない。寂しいことだ）

だが、それでいいのだと、五郎は自身に言い聞かせた。兄弟のしがらみに、これ以上、関係の無い者まで巻き込むわけにはいかない。

五郎は一つ息を吐くと、しばしの休息を取ることにした。手頃な木に愛馬を繋ぎ、清水を求めてふらりと木立を歩いてゆく。

そうするうちに、五郎は狩場には場違いなものを見咎め、足を止めた。茂みに、女の着物が覗いているのである。遊君別当に追い出された遊女が忍び込んできたのかと、五郎は顔をしかめた。

「おい、そこな女。許し無くして狩場に立ち入ってはならぬ。見なかったことにしてやる故、今すぐ立ち去れい」

ところが茂みの裏の女は、そそくさと逃げ出すどころか、すくっと立ち上がり、五郎に近付いて来た。その顔に、五郎は驚愕した。

「亀鶴！」

「お会いしとうございましたわ、五郎様」

俺もだ、と言いかけて五郎は、慌てて頭を振った。

「なぜここに。里に帰ったのではなかったか」

「しばらくの間は虎女殿のもとにおりましたが、少し前にお別れを申し上げ、一人富士野へ参ったところでございます」

「なんという馬鹿なことを。俺と共にいれば、お前の身も危険に晒されるかもしれないのだぞ。命を粗末にするなと命令しただろう！」

「いいえ、五郎様はそうは仰いませんでした。別の男を探すなり、里に帰るなり、自由に身を処すがいいと仰いました。お忘れですか」

五郎はぐっと言葉を詰まらせた。確かにそう告げた覚えがあった。

「私は黄瀬川の遊女として、遊君別当の正式な許可を得た上でここにいます。全ては私の自由な意思に基づくものです」

その時、亀鶴が用いた自由な意思という言葉が、不思議と五郎の胸を打った。思わず黙りこんだ五郎へ、亀鶴は続けた。

「五郎様。五郎様は私に、女に戦はできぬと仰せられました。それについて、私は不満を申し上げに参ったのです」

「不満？」

「ええ。五郎様の生い立ちを知った時から、いずれお別れの日が来ると覚悟しておりました。それなのに、未練になるから里へ帰れと言われるのは甚だ心外です。私はあなたを引き留めません。いえ、共に戦って見せます。たとえ命を落としたとしても、私は最後まで、あなたと共にいたいのです」

「……勝手な女だ。お前を巻き込んで、俺が喜ぶと思うか」

五郎は沈痛の面持ちで目を伏せた。だが亀鶴は平然と応じた。

「手前勝手はお互いさまでございましょう。一人この世に取り残されて、私が喜ぶとでもお思いですか」

「お前は馬鹿だ」

掠れた声で、五郎は言った。

「お前は向こう見ずで、愚かで」

くっと眉間に力を込める。

「そして俺は、そんなお前が愛しくて、愛しくて、たまらんのだ」

大輪の花が咲くように、亀鶴が笑った。それに手を伸ばそうとして、またしても五郎は拳を握った。目を伏せ、歯を食いしばる。

(ここで触れてはだめだ。亀鶴をさらに不幸にすることになる)

だが、動いたのは亀鶴であった。そっと五郎の頬に手を添えた。

びくりと、五郎の肩が小さく跳ねる。それを宥めるように、亀鶴は五郎を引き寄せ、強く抱きしめた。

温かく柔らかな胸の感触と、甘い匂いに包みこまれた瞬間、五郎の全身に、かっと熱い血潮が滾った。

衝動の命じるまま、噛み付くように、亀鶴の厚みのある唇を吸う。

そのままもつれ合って地面に倒れ込んだ二人を、下草の天道虫が、見守っていた。

陽が西の山の端にかかる頃、五郎が割り当てられた宿舎に戻ると、ひどく不機嫌そうな顔をした十郎が、弟の帰りを待ち構えていた。

「どこへ行っていた。遅かったではないか」

十郎の目元はいつもに増して、神経質そうに歪んでいる。

「まさか、この期に及んで怖気づいたのではあるまいな」

「それこそまさかでございましょう。なぜそのようなことを仰るのです。私のいない間に、何かあったのですか」

「……お前が出ている間、殿から密使が来た」

その一言で五郎は、十郎がいつになく過敏である理由を悟った。

「二十八日が、狩りの最終日になるそうだ。夜には酒宴が催され、人々も油断しているであろうと——覚悟は良いな、五郎」

念を押すような十郎の声に、五郎はごくりと息をのんだ。

五月二十八日。その日は朝から小雨を交えた生憎の天気であったが、後に降り止み、曇天の下、狩りはつつがなく行われた。

夜になれば各々遊女を傍らに侍らせ、酒宴が始まる。工藤祐経もその例に漏れず、手越と黄瀬川から来た遊女二人に酌をさせて酒を搔っ食らっていたのだが、ここに予期せぬ客人が訪れた。

「やや、そなたは」

「王藤内にございます」

王藤内は備前国吉備津神社の神官である。この度、工藤祐経の取り成しによって頼朝の御家人の列に連なり、喜々として備前に帰る道の途中であったのだが、工藤祐経が富士野まで来ていると知り、道を引き返して挨拶に来たのだと言う。

「これは律儀なことだ。せっかくだ、王藤内殿、今宵は共に飲もう。備前は遠く、次にいつ会えるかも分からぬ。な、そうしよう」

泥酔した工藤祐経に言われ、王藤内は戸惑った。だが、左右に控える遊女を見れば、どちらも稀に見る美貌の持ち主である。

「そこまで仰るなら、せっかくのお誘いを無下にしては、かえって失礼になりますな」

それらしいことを言って王藤内が欲望に屈した頃、夜空の雲は急速に黒く、厚みを増しつつあった。どこからともなく漂い始めた雨の匂いが、富士野に満ちる。それを嗅ぎながら、太刀を帯びた五郎と十郎は、音止の滝の側の岩陰に身を潜め、じっと工藤祐経の宿所の方角を窺っていた。

「行きますか」

五郎は細い声で兄に問い掛けた。唇が震えているのは、寒さのためではなかった。そんな五郎に対し十郎は、常の気の短さが鳴りを潜め、すっかり落ち着き払っている。

「焦るな、五郎。夜が更けるのを待て」

それから十郎は、ふと五郎を見やった。

「五郎、河津の父上を少しでも覚えているか」

「いえ……恥ずかしながら」

十郎に知らされるまで、曽我の父が実父であると疑いもしなかった五郎である。十郎は頷いた。

「そうだろうな。無理もない。父上が亡くなったとき、お前はまだ三つだった……五郎、ずっとお前に聞きたかったことがある。これが最後の語らいであるのだし、俺が何を言っても許してくれるか」

「勿論です。何でも仰ってください」

驚きつつも素直に首肯した五郎に、十郎は一瞬、迷うように目を泳がせたが、すぐに居住まいを正し、五郎を見据えた。

「俺は、あの時たったの五つであったが、それでも父上のことは、今でもはっきりと覚えている。それ故に、曽我の父上を、どうしても父と認めることができなかった。その一方で、お前が曽我の父上を慕っていることも知っていた。俺が強引にお前の烏帽子親とした殿を、お前がそれほど好んでいないこともな」

「兄上……」

「だから、俺は時々分からなくなるのだ。なぜお前が、殿の言葉に従って仇討ちに繰り出すことに異を唱えないのか。顔も覚えていないまことの父のために、どうして命を懸けることができるのか」

長年の心のつかえを吐きだすように、十郎は長く息を吐いた。五郎は得心し、微苦笑を漏らした。

「それで、私に怖気づいたのかなどと仰られたのですね」

「許せ。どうにも不安で仕方なかったのだ。しかし、なぜなのだ」

十郎の言葉に、五郎は改めて自身と向き直った。とつとつと、五郎の想いがそのまま言葉となって、唇から紡がれていく。

「少し前に、良い言葉を知りました。自由な意思、というのですが」

五郎は目元を和ませた。

「私はずっと、自分の人生には選択肢が無いと思っておりました。しかし、そうではなかった」

十郎が虚を突かれた様子で目を見張った。

「そうではなかった？」

「ええ。確かに選べる範囲は、人より狭かったのかもしれません」

三つで実父を奪われ、零落し、やがて時の権力者に拾われ、否応なしにその禄を食んだ。

「けれど、最も大事なことは自ら選びました。最後まで兄上のお供をしたいと。今、私がこうして兄上の隣にいるのは、私が、私の自由な意思が、そうしたいと望んだからにすぎないのです」

その言葉を教え、気付かせてくれたのも、五郎自身が見出し選んだ、一人の女であった。

「思うがままに生きて来たのです。たった二十年の命であれ、どうしてこの人生に悔いが残りましょうか」

　十郎の目に、涙が光った。

「そうか。よく言った、五郎。お前の言う通りだ。俺も、いま選んでここにいる。我が人生に、一片の悔いも無い」

　それ以上、言葉を交わす必要はないように五郎には思えた。十郎も同じ思いだったのだろう。二人はどちらともなく口を閉ざし、絶えず流れ落ちる滝の音に耳を澄ませた。

　やがて、雨が降り始めた。日中に降った霧のような雨などではなく、随所で雷の弾ける、横殴りの暴風雨であった。

「行くか」

　顎から雨粒を滴らせ、十郎が言った。五郎は頷いた。

「参りましょう」


　盛んに降る雨は、屋内を湿らせた空気で生温かくさせた。王藤内共々酔いつぶれ、遊女の膝を借りていた工藤祐経は、突如吹き込んだ外の風を感じ、その心地良さに、目を閉じたまま笑った。

　だが、それも遊女たちが絹を裂くような悲鳴を上げるまでのことだった。工藤祐経はぎょっと刮目し、たちまち背筋を凍りつかせた。

　視線の先、開け離れた戸口に、閃く雷光を背負った物々しい若武者が二人、白刃を手に立ちはだかっている。

「な、何奴！」

隣で身を起こした王藤内が、裏返った声で誰何した。年長と思わしき若武者の一人が、声高々に名乗った。

「我が名は曽我十郎祐成。そしてこれなるは弟、五郎時宗。これより父の仇を討ち果たさせてもらう！　工藤左衛門尉祐経、覚悟！」


兄と共に工藤祐経の宿舎に踏み込んだ瞬間、五郎は室内に淀む熱気に関わらず、ひやりとなった。仇らしき男が、目の前に二人もいた。一人は居合わせた王藤内であったが、五郎にそれを知る由は無い。誰であろうと構わなかったが、夜闇が災いし、相手の顔を判別し難いことが問題だっだ。どちらが左衛門尉か——十郎も同じことを思ったのだろう。刹那、兄弟の動きが止まった。すると先ほど裏返った声で誰何した方の男が動いた。女を捨て置き、ばたばたと身を翻して走り出す。

「さては貴様が左衛門尉か！」

十郎が逃げる男に太刀を振りかざした。つられて五郎も、逃げ出した男に駆け寄りかけた。その瞬間、遊女の一人が悲鳴を上げた。

「お助け下さいませ、左衛門尉様！」

兄弟が驚いて見やれば、もう一方の男が床を這い、こっそりと逃げ出そうとしているではないか。

さらにその男の足元に、一人の遊女がしがみ付いている。男が、切羽詰まった声を上げた。

「ええい、放さぬか」

「嫌です。私を置いて行かないでくださいまし」

そう言った女と五郎の目が、一瞬、交差した。亀鶴であった。それだけで五郎は、亀鶴の意図を悟り、太刀筋を変えた。

「そっちか、左衛門尉！」

銀の軌跡が閃き、工藤祐経の背を、ななめ一直線に切り裂く。ぎゃあ、という醜い悲鳴と共に、工藤祐経がうつぶせに倒れ伏した。

「兄上、左衛門尉はこちらです。止めを！」

五郎が十郎を見やると、十郎はちょうど、もう一方の男を――王藤内を斬り伏せたところであった。十郎は太刀を振って血を払うと、今度は工藤祐経に歩み寄り、その首筋に剣先を突きつけた。

「左衛門尉。何か言い残すことはあるか」

工藤祐経は恨めし気に十郎を見上げ、しゃがれた声を発した。

「……私を斬って何とする。確かにお前たちの父を殺したのは私だ。だが、それを命じた者が、他にいるのだぞ」

「この期に及んで命乞いか。興醒めだな」

鼻白んだ様子で十郎は言い捨てた。五郎も、虫の息となった工藤祐経に、少しの同情も抱かなかった。むしろ無様だと思った。仇討ちを恐れるくらいなら、初めから弓馬の道などに進まず、仏門にでも入っていればよかったのだ。十郎が鼻で笑った。

「まあいい。案ずるな。その御所もすぐに黄泉路へ送ってやる。文句はあの世で言え」

工藤祐経が、尚も言い募ろうとして口を開く。その顔付きのまま、工藤祐経の頭部は、十郎の一閃によって胴体から離れた。狭い室内に、たちまち濃い血の臭気が広がった。

「父の仇、討ち取ったり！」

返り血に頰を染め、十郎は大きく吠えた。それから、居合わせた二人の遊女を見やった。一人はすでに部屋の隅で気を失っていたが、今一人、亀鶴は人の死に眉一つ動かさず、兄弟を見つめ返していた。

「そなた、亀鶴殿……」

動揺する十郎に、亀鶴は平然と生臭い血の池に三つ指を突いた。

「十郎様、宿願の成就、誠におめでとうございまする」

「うむ、だが、しかし……」

言いよどむ十郎を押し退け、五郎は亀鶴の肩を抱いた。

「でかしたぞ、亀鶴」

「五郎様も、おめでとうございまする」

「お前の機転あってのことだ。危うく左衛門尉を逃がす所であった。女の戦いぶり、しかと見届けたぞ」

感極まった五郎に、亀鶴は嬉しそうに微笑んだ。十郎だけが、取り残されたような佇まいで二人を見比べていたが、俄かに騒がしくなった外の様子に、さっと表情を引き締めた。

「五郎。外が騒がしいぞ。左衛門尉らの声を聞きつけて、人が集まって来たのかもしれん」

五郎は亀鶴から身を離し、息をのんだ。

「仇は今一人残ってございます。手早く済ませましょう」

十郎は、ああ、と頷きかけ、だがすぐに肩をすくめた。

「先に行く。お前は亀鶴殿と最後の別れを済ますなり、それが嫌なら、そうせずにすむ道を進むがいい」

兄の含みのある物言いに、五郎は目を見張った。十郎は五郎の返事を待つことなく、外へと飛び出していく。一方で五郎は、足がその場に根付いてしまったかのように動けなくなった。

亀鶴と共に逃げよ。十郎は、そう言ったのだ。そしてそのために今、敵の目を惹きつける役を買って出てくれたのだ。

五郎は縋るように亀鶴を見た。だが、何を言えばいいのか分からない。十郎を見捨てるなど、まずあり得ないことだ。だが、それを亀鶴に伝えるのも、ひどく酷なことである。

「行ってください」

口を開いたのは、亀鶴の方だった。

「またすぐにお目にかかれます。ご武運を」

泰然と言った亀鶴を、五郎はじっと見つめた。それは、時にして一秒にも満たぬ長さであったが、五郎には永遠に近く感じられた。

自ずと五郎の頬が緩む。自分には過ぎた女だと思った。だが、それを口にする時間も今や惜しい。それに亀鶴ならば言わずとも伝わるであろう——そう思うのは、いささか惚気が過ぎるだろうか。

五郎は万感の思いをたった一度の点頭に込めると、亀鶴を残し、外に躍り出た。

そして、ただちに立ち尽くした。目を疑う光景が広がっていた。

轟く雷鳴、滝の如き豪雨。その中で、ぽつぽつと揺れる頼りない松明の灯火に、随所で響く激しい剣戟、馬の嘶き、鬨の声と断末魔。

(なんだ、これは!)

呆然と周囲を見渡した五郎の視線の先に、警護の宿侍と切り結ぶ十郎が見えた。だがそれ以外にも、多くの人が夜の闇と混乱の渦の中で争っている気配がある。豪雨ですら洗い流せぬ強烈な血の臭いが、それを如実に物語っている。

まるで戦だ。だが誰が、誰と、何のために?

分からない——が、ひとまず五郎は十郎に駆け寄って並び立った。十郎が息を弾ませながら言った。

「来たのか、五郎」

「ええ、参りました。しかし一体、何が起きているのです」

「分からん。だが、今が好機なのは確かだ」

それから十郎は、声を落とした。

「それより、いいのか、亀鶴殿は」

「ええ。かえって背を押されました」

「……そうか。いい女だな、亀鶴殿は」

「はい」

「だが、我が虎女も良いぞ」

呵呵と笑って、十郎は襲い掛かってくる宿侍を薙ぎ払った。十郎の勢いに押され、兄弟を取り囲む武士の輪が、少し遠巻きになった。

「どうした、怖気づいたか！」

十郎が息巻くと、人垣の中から一人の武人が現れた。隙のない構えを兄弟に向けるその男の顔を見て、十郎が驚きの声を発した。

「仁田殿……？」

それは、伊豆に拠点を持つ御家人、仁田常忠であった。時政とも極めて近しい人物の出現に、五郎は反射的に太刀を下げた。しかし、

「今ここで死んでおいた方が、幸せだぞ」

そう呟いた常忠の声に、不吉な物を感じ、五郎は総毛立った。

「どうも、味方ではなさそうだな」

油断なく太刀を構えながら、十郎が呟いた。

「五郎、あれは俺が引き受けた。その隙に、お前は御所を討て」

「兄上、ですが」

「行け！」

十郎が叫ぶと同時に常忠へ突進する。

五郎は意を決すると、兄の陰から飛び出すように、人垣に突っ込んだ。血に染まった刀で血路を開き、ひたすら御所の元を目指す。

そのまま目当ての館に転がり込むと、僅かな明かりに照らされた室内に、大小二つの人影が見えた。側仕えと思わしき女童と、その背後に佇む一人の男。

「……河津の小倅か」

五郎を見るなり、そう呟いた男は齢四十半ばの、覇気に富んだ佇まいの持ち主である。頼朝に相違なかった。

五郎は吠えた。脇を閉め、雨と血に濡れた刀を握り直し、身体ごと刃を頼朝に打ち込むつもりで猪突する。その勢いのまま、立ちふさがろうとした女童を突き飛ばした。

「女は退け！」

障害を取り除け、いよいよ切っ先があと一歩で頼朝に届く、その時、五郎は突然、背後から床に押し倒された。

強い力で押さえつけてくる存在を、身をよじって見定めた五郎は愕然となった。五郎に馬乗りになり、後ろ手を捻り上げているのは、突き飛ばした女童だった。否、それは女ではなかった。幼くも精悍な双眸が、ぎろりと五郎を睨んでいる。五郎は歯ぎしりをした。

「小舎人に女装させていたのか！」

「御所様！」

慌ただしい足音がして、御所の寝所に、仁田常忠が駆け付けた。彼の全身を赤く染め上げた返り血は、十郎のものなのだろうか。

「御所様、お怪我は」

「無い。この通り、搦め捕った」

頼朝の返答に、常忠はほっと息を吐くと、それから太刀を取り上げ、五郎の首を落とそうとした。五郎は最期を悟り、目を閉じた。しかし、頼朝の声がそれを止めた。

「よい。それより、外の状況はどうなっている。常陸勢は首尾よく討ち果たせたのか」

「それが、相模の大庭景義、岡崎義実が突如反旗を翻した模様。富士野は大混乱に陥り、御家人の中にも多く死傷者が出ております」

「ならば行け、常忠。一刻も早く事態を鎮静させよ」

「はっ！」

目まぐるしく交わされる二人の応酬に、五郎は状況がつかめずに困惑した。反旗とは何か。では、自分たちの他にも、今宵騒ぎを起こそうとした輩がいたというのか。

視線を感じて五郎が顔を上げると、頼朝が彼を見下ろしていた。

「ここまでたどり着いたのだ。真相を知る権利はあるだろうよ」

その言葉の意味が、五郎には分からない。ただ一つ理解できたのは、頼朝までのたった一歩の距離が、永遠に踏破できないものになったこと。ただそれだけであった。


翌朝になって、雨は止んだ。縄で戒められ、人々の前に引き立てられた五郎は、そこで首だけとなった十郎と再会した。

「間違いない。我が兄、曽我十郎祐成である」

五郎は、声の震えを押し殺して断言した。十郎は、失われた胴体について、だからどうしたと言わんばかりの形相で正面を見据えていた。その首へ、五郎は胸中で謝罪した。

（申し訳ございませんでした、兄上。御所を討ち損じました）

五郎を囲む御家人衆の中に、養父と時政の姿は無かった。おそらく養父は共謀を疑われ、別の場所に軟禁されたのだろう。時政がいないのは、曽我兄弟とは無関係であると強調するためと思われた。

首検分が済むと、御家人の一人が尋問を始めようとした。五郎はきっと相手を睨んだ。兄の眼光が乗り移ったかのような鋭さだった。

「いかに零落した河津の小倅とはいえ、命を賭しての謀。今際の言葉を聞く役を務めるのに、御前は器ではない。御所を出せい！」

「ええい、謀反人のくせに何たる図々しさ！」

激昂した御家人に、五郎がさらに言い募ろうとした時、近くに張られた天幕から、「よい」と告げる声がした。頼朝の声であった。

「常忠、あの者を中へ」

その言葉の直後、仁田常忠が天幕の中から現れ、五郎を立ち上がらせた。そのまま常忠と共に天幕の内側へと足を踏み入れた五郎は、そこで待ち構えていた人物を見て、呆然と立ち尽くした。

「殿……」

力の無い声が漏れる。頼朝の隣に立つ時政は、何の感情も宿さぬ目で五郎を見ていた。

（なぜ殿が御所と一緒におられる。まさか）

一つの仮説が五郎の中に浮き上がると同時に、頼朝が口を開いた。

「仇を一人討ち漏らし、残念であったな、河津三郎の遺児よ。だが、まさか我が寝所にまでたどり着きおおせるとは思わなんだ」

「ではやはり、我ら兄弟の計画を、すでに知っておられたのですか」

五郎は時政を睨んだ。時政が裏切り、頼朝に密告したのだと思った。だが頼朝は首を横に振った。

「知ったのではない。そうするよう、この頼朝が時政に命じ、仕向けさせたのだ」

五郎は己の耳を疑った。

「御所が、仕向けた……？」

「左様。貴様らが祐経を討った時、外ではすでに騒ぎが起きていただろう。あれは、常陸の武士と、ここにいる北条、仁田ら伊豆の武士の交戦だ。常陸武士はかねてより、我が弟範頼を担ぎ上げ、謀反を企てていた。それでこの際、叩き潰してしまおうと考えてな」

五郎は眉を顰めた。確かに常陸勢の謀反の噂は、五郎も何度か耳にしていた。しかしそれが、此度の仇討ちと何の関わりがあるのか。

「分からんか。お前たちは常陸勢を攪乱するための囮だったのだ」

時政が、日頃の猫なで声など微塵も感じさせぬ厳しい声で言った。

「もともとお前たち兄弟が起こす仇討ちの騒ぎに乗じて、常陸武士を一網打尽にする手筈であった。それが突如反旗を翻した相模武士の奇襲を受け、あの大混乱だ。我々も予想外に多くの犠牲を出した」

「お待ち下さい……お待ち下さい！」

五郎は悲鳴交じりの声で時政を遮った。頭が時政の言葉を受け入れることを拒んでいた。

「ならばなぜ、殿は我々に御所まで狙うよう唆されたのです。御所を排除し、幕府を牛耳る腹積もりだったのではないのですか！」

「御所あっての北条だ。自ら四肢をもぐなど愚の骨頂。工藤祐経のみならず御所暗殺まで命じたのは、仇討ちによる騒ぎをさらに大きくし、混乱を煽るための布石に過ぎぬ」

時政の言葉はにべもない。頼朝が小さく鼻を鳴らした。

「しかし、大義のためとはいえ、祐経には済まぬことをした。せめて貴様ら兄弟の首を墓前に据え、許してもらうことにしよう」

五郎は絶句して頼朝を見た。十郎は、頼朝を仇の一人だと決めつけ嫌悪していた。その男が、犠牲無くして大儀は成り立たぬと嘯いた十郎と同じ趣旨の言葉を口にするなど、ひたすら皮肉な話だった。

「御所は……もっとお優しい方だと思っておりました。若君想いの、子煩悩なお方だと」

「子を思って、ということならその通りだ。頼家が家督を継ぐ前に、災いの芽を摘まんとしただけのこと」

五郎の視界の隅で、常忠が双眸を閉ざすのが見えた。今ここで死んでおいた方が幸せだと言っていた彼の声が、記憶の底から蘇った。

（この場を、兄上が見ずに済んでよかった）

五郎は長く、長く息を吐いた。それでも身の内から次々と湧き上がる怒りは収まりようも無かったが、懸命に理性を保とうと努めた。

目の前の頼朝や時政に対し、激情に任せて悪態や呪詛を吐きつけるのは容易である。しかし、残された僅かな時間までもこの二人に翻弄され尽くすのは、なにより耐え難かった。

ぐっと奥歯をかみしめた五郎の様子に、頼朝は何か思うところがあったらしい。冷ややかな眼光に、僅かな興味の色が混じった。

「意外と平静であるな。訳を聞こうか」

「知れたこと。我ら兄弟の悲願は父の仇討ちただ一つ。そして我々は見事、左衛門尉を討ち果たした。ならばその裏に働いていた思惑が殿のものだろうと御所のものだろうと、私の知ったことではない」

「ほう……？」

胸を張って答えた五郎に、頼朝は面白がるような笑みを広げた。

「なかなか度胸がある。仇討ちを為す義も、昨夜の乱戦を生き延びた運もある。ふん……このまま死なすには、惜しいかもしれぬな」

時政が眉を上げた。

「召し抱えられると仰せられる？」

「それも悪くあるまい」

勝手に決めるなと五郎が声を上げかけた、その時であった。天幕の外が俄かに騒がしくなり、一つの人影が、五郎と頼朝の間に割って入った。時政と常忠が、揃って太刀の柄に手をかける。だが、乱入者が総角の少年であると見るや、常忠が戸惑いの声を上げた。

「そなた、左衛門尉の子の……」

「犬房丸にございます」

五郎が驚いて少年を見やると、少年もまた、赤く泣き腫らした目で五郎を睨み返した。そうか、これが左衛門尉の遺児か、と五郎は目を細めた。言われてみれば面影がある。だが、どこか十郎を彷彿させたのは、その目が年不相応の復讐心に滾っていたためであろう。

「お話は伺いました。御所様、その男を召し抱えるなど、どうかお考え直し下さいませ。その者は我が父を殺したのです。それを許してしまえば、父が浮かばれませぬ！」

　必死に懇願する幼気な姿に、だが頼朝は、かえって怒りを覚えたようであった。吹雪の如く凍てついた眼光が、犬房丸を射抜いた。

「小童が差し出口を叩くな！　我らの話を盗み聞いていただけでも許し難いのに、その上、指図するとは何事か！」

　びくりと犬房丸が身をすくませた。だが、

「子が親の仇を欲するのは至極当然である！　孝行の鏡と褒めたたえずに頭ごなしに怒鳴りつけるとは、御所こそ無礼であろう！」

　雷鳴の如き五郎の怒声が、場に轟いた。

　大きく目を見開き振り返った犬房丸に、五郎は力強く頷いた。

「俺を斬るがいい、犬房丸。一度きりの人生、悔いの無いよう生きよ。思うままに生きよ」

　晴れやかな笑みさえ見せた五郎に、犬房丸が目に見えてたじろいだ。その奥で頼朝が、眉を顰めた。

「命が惜しくないのか」

「本懐にございます」

五郎はまっすぐ答えた。そして同時に胸中で呟いた。

（お許しください、兄上。御所の懐へ入り、再び仇討ちの機会を窺うのも一手かと思いましたが……）

脳裏に、十郎の顔がよぎる。それは成人した姿ではなく、名月の下で破顔する、まだ九つの兄であった。この十三年間、常に五郎の標であった、かけがえのない記憶だった。

（やはり兄上に似たこの少年の怒りを、鎮めてやりたくなりました）

最後の選択が成った。犬房丸がごくりと息をのみ、ついに蚊の鳴くような声で家人を呼んだ。

「つ、筑紫仲太。太刀を寄越せ」

だが、太刀を抜き、両手で構えた途端、犬房丸はたちまち歯を鳴らして震え出した。五郎はきっと眉を吊り上げて一喝した。

「斬れっ、犬房!!」

犬房丸が怯えたように肩を跳ね上げた。そして甲高い絶叫を上げながら、犬房丸は、身の丈近い太刀を振り上げた。

同日の暮れ――。

曽我五郎時宗の最期を見届けた頼朝は、取り逃がした常陸、相模の武士らの反撃を恐れて直ちに富士野を発ち、その日は黄瀬川に宿を取った。そこで、工藤祐経が生前に寵愛した遊女が近くにいるらしいという話を小耳に挟むと、頼朝は興味深そうに眉を上げた。

「祐経の遊女と言うと、手越の少将か。確か祐経は富士野にも少将を同伴させていたな。では、仇討ちの現場に居合わせた二人の遊女のうち、一人は彼女であったか」

好色と名高い頼朝の目が輝いた。手越の少将といえば、海道一と噂される絶世の美女である。これは追弔を述べねばなるまい。そう意気込んで、少将を呼び寄せた。

やって来た少将は、別の遊女を伴っていた。というより、その遊女の方が放心気味の少将を連れて来たと表現した方が正しい。黄瀬川の亀鶴と名乗った遊女は、少将と並んだところで何ら遜色のない美女であり、思いがけぬ出会いに、頼朝は喉を鳴らした。

「では、亀鶴とやら。そなたも仇討ちの現場に居合わせたと申すか」

「はい。少将殿は左衛門尉様の、私は王藤内様のお相手を務めておりました。曽我兄弟の仇討ちの後、私は気を失われた少将殿を連れて、あの騒乱から逃れたのでございます」

「そうか、それはさぞ恐ろしかっただろう」

目を伏せ、しおらしげに語る亀鶴に、頼朝は身を乗り出した。

「亀鶴とやら。郷里にいる祐経の室に、祐経の最期を伝えねばならぬ故、昨夜の様子を詳しく話してはくれぬか」

亀鶴はちらりと、傷心のあまり口もきけずにいる少将を見やった。

「それは構いませぬが、やはり、少将殿の前で左衛門尉様の最期をお話しするのは気が咎めます。この近くに、鮎壺の滝と呼ばれる滝がございます。そちらに場所を移していただけませぬか」

頼朝は快諾し、亀鶴と小舎人を連れてその滝へと向かった。

道中、頼朝は度々亀鶴を盗み見た。夕日に照らされた亀鶴の横顔は、昨夜の衝撃か、やや青ざめてはいたものの、毅然として美しく、一度視界に収めてしまうと、目をそらすのは容易ではなかった。

頼朝が亀鶴に見惚れているうちに、亀鶴が止まった。それで我に返った頼朝は、目の前に滝口が迫っていたことに気付き、驚いた。

幅広の、勢いの激しい滝であった。遠くを仰ぎ見れば、富士の雄大な姿がある。

「いかがです。見事な滝にございましょう」

「ああ。だが、下から見上げた方がより見事であろう。滝口に上がる必要があったのか」

「ええ。ございますとも。ですが、その前に一つお教えくださいませ。曽我兄弟には血の繋がらぬ父がいたと聞きましたが、その方の処遇は、いかがなさるおつもりですか」

「曽我祐信か？　あれは此度の一件とは無関係だ。罪には問わぬ」

「それを聞いて、安心いたしました」

「なぜ、祐信を気に掛ける？」

亀鶴は微笑んだだけで、何も答えなかった。代わりに、隠し持っていた懐剣を引き抜いた。

頼朝が目を見開いた。そのまま呆然と、亀鶴が懐剣を手に、突進してくる様を見た。動いたのは、頼朝の背後に控える小舎人である。頼朝の前に躍り出ると、太刀を抜き放ち亀鶴の懐剣を弾き飛ばした。

かあんと甲高い響きと共に、亀鶴の懐剣は、大きな弧を描いて、滝壺へと落ちていく。

「……五郎様への手土産にと思いましたが、やはり私では力不足でございましたか」

亀鶴は小さく息を吐いた。

「貴様、何者か。何故御所様に刃を向けた」

小舎人が詰問すると、亀鶴は乱れた襟元を但し、凛と声を張った。

「私は、昨夜、左衛門尉様を討ち果たした、曽我五郎時宗様の妾にございます」

「なんと、曽我兄弟の縁者であったか」

頼朝が息をのんだ。亀鶴は小舎人から、絶句する頼朝へと視線を移した。だが、心の目は頼朝でなく、別の者を見ていた。もはや遠くなった、ただ一人の愛しい男を。

長い沈黙の後、亀鶴は呟いた。

「あの方は、はぐれ雁でございました」

「はぐれ雁……？」

「ええ。あの方は、望みもしない多くのしがらみに囚われておいででした。けれど、肉体から解放された今、ようやく自由になれたのです。そのことについては、御所様に感謝しております。けれど」

つうっと、亀鶴が目を細め、頬に涙が伝った。

「やはり、恨めしゅうございます」

頼朝は、一瞬躊躇うような素振りを見せたが、亀鶴の美貌をみすみす逃し難く思ったのか、一歩前に進み出て、手を差し伸べた。

「そなたの恨みは尤もだ。浮世の習いなれば、やむなく誅したものの、曽我五郎時宗の死に様は、実に見事であった——さあ、亀鶴とやら。こちらへ来い。悪いようにはせぬ」

さらに一歩、亀鶴へ迫った頼朝に、亀鶴は反発するかのごとく後ずさった。亀鶴の背後には、滝壺へ続く絶壁が広がるのみである。

亀鶴はすでに、自らの身の振り方を決めていたのだった。五郎のように、いや、誰にも左右されぬまっすぐな生き様を、五郎は亀鶴から学んだのだ。

「あの者を止めよ！」

頼朝の焦った声に、小舎人が駆け出す。だが、今度は亀鶴の方が早かった。くるりと反転し、一息に滝壺へと身を躍らせた。

小舎人が絶叫を上げた。頼朝が彼女の名を呼んだようにも聞こえた。だが、水面に打ち付けられるまでの刹那に亀鶴が聴いたのは、そのどれでもない人物の声であった。

——お前は馬鹿だ。

微風のように柔らかな声に、亀鶴は、はっと目を見開いた。水面を挟んだその向こう側に、昨夜別れたばかりの五郎の姿があった。顔をくしゃくしゃに歪め、泣き笑いのような顔をしていた。

——馬鹿だよ、亀鶴。俺のような男の後を追うなど。

(何を仰いますか)

亀鶴もまた、今にも泣き出しそうな笑みを返した。

(本当は、嬉しくてたまらないくせに)

水面の奥で、五郎が声を立てずに笑った。そのまま亀鶴を迎えるように、両手を広げる。

死への恐れは、すっかり消え失せていた。亀鶴は両腕を前に突出すと、躊躇うことなく五郎の胸に飛び込んだ。

＊＊＊

富士野の巻狩りからしばらく、鎌倉は頼朝による粛清の嵐が吹き荒れた。常陸武士らの処分に始まり、相模の大場、岡崎の両名は出家、彼らが旗頭に担ぎ上げようとしていた源範頼は伊豆に流された後に誅殺された。

そして、虎視眈々と武家政権への介入の機会を狙う朝廷に鎌倉の動乱が悟られぬよう、富士野の一件は意図的に秘され、少しずつ人々の記憶から消えていくかと思われた。

だが、曽我兄弟の一周忌を迎えたこの日、その風潮に一石を投じようとする人物が、旅の空に繰り出そうとしていた。

「準備は良いですか、鬼王丸、団三郎」

かつての曽我兄弟の郎党を引き連れ、墨染の衣に身を包んだ女が言った。名を虎女——十郎が愛した、あの大磯の虎女であった。

「十郎様も、五郎様も、成すべき戦いを成し遂げられました。きっと亀鶴殿も、亀鶴殿なりに戦い抜かれたはずです。それなのに、それらの戦いが時と共に忘れ去られるのは、とても容認できません」

虎女は、自身の胸元に下げた小箱を見やった。中には、曽我兄弟の遺骨が納められている。

「お三方に遅れましたが、私にもようやく、私なりの戦い方を見つけたように思います」

「助太刀いたします」

虎女を眩しそうに見つめながら、鬼王丸が頷いた。一拍置いて、団三郎も同調した。

「それで、あのお二人が浮かばれるのならば」

「ぜひ、そうしなければなりません」

虎女が答えたその時、三人の足元に影が差した。空を渡る、三羽の鳥であった。団三郎が顔を上げ、驚いたような声を上げる。

「雁ですね。しかし、北でなく西に渡るとは面妖な」

虎女は目を細めて雁の群れを見上げていたが、やがて頭を振った。

「西方極楽浄土と言います。おかしくなど、ないのかもしれません」

鬼王丸と団三郎が、揃って虎女を見やった。虎女は微笑んだ。

「いずれ、私たちもあの群に加わりたいものです。けれど今は、この世で成すべきことを成しましょう。では、参りましょうか」

その後、虎女は信州や吉野といった各地の霊場を巡り、曽我兄弟の菩提を弔い続けた。

そして旅の果てに、鬼王丸と団三郎の故郷に身を寄せ、そこに曽我兄弟の墓を建てるのだが、その
虎女の足跡を追うように、一つの物語が口伝されるようになる。

神代から始まり報恩を説く壮大な軍記物語――その名は、曽我物語という。

メッセージ部門

最優秀賞

繋《つな》がらない記《き》憶《おく》

濵中《はまなか》 晶子《あきこ》

家族でゆく夏の海は毎年伊豆と決まっていた。車が大嫌いな母と長い道中を共にするのはあの頃からかなりの難題で今もそれはかわらない。父はそんなことには全く無頓着で誰よりも楽しそう。趣味はドライブだ。私はなんとなく複雑な年頃になりつつ、ひとりでゆっくり漫画を読んでいたかったりする。

家族みんなそれぞれ覚えていることがバラバラでひとつにしようとしても繋がらない。いつの夏のできごとなのか。

だれもはっきりと覚えていないのだから、二度と再び訪れることができない場所ばかり。

遡るほど知りたい欲求が強いほど、それは困難だ。

黄色いハイビスカスのついたビーチサンダル。

小さな入江に降りる急な石段。

二匹のカニ。

宿の名はまんどころ、だったと思う。

小さな弟の手を引いて、田んぼの畦道を歩いていた。母に買ってもらった大きなハイビスカスがついたビーチサンダルが嬉しくてたまらなかった。

何かが跳ねた。

あれなに？

ほら、あそこ！

右足をふみだした途端、ハイビスカスは泥にすいこまれた。あわてて足をひっこめたが花は泥に残されたまま。泥でぐしゃぐしゃになる私に驚き、弟はだっとかけだす。帽子のリボンがどんどん小さくなる。

照りつける太陽が涙をかわかす。

もっと泣かなきゃ。

捕まえたかったあれも、もうほしくない。

お花が消えた。

「何泣いてんの」

大きな帽子の陰になって顔がみえない。おばちゃんは泥の中に手を入れた。でてきた。

黄色い花は泥色と化している。

「きれいにしなくちゃね」

おばちゃんは田んぼをぬけるとものすごくすきとおった流れる水で、ハイビスカスを蘇らせた。

「ほら。これでいいだろ」

きれいになったサンダルは水にぬれて艶やかに光る。水を散らして走る。

たよりにしていた弟はテレビを見て笑っていた。私は弟を怒鳴りつけた。

おばちゃんにきちんとお礼は言えたのかな。おばちゃんの手は泥だらけになってたのに。すきとおった水の中に立っていた。冷くて。ハイビスカスはまだ咲いている。

海から離れて緑の中をとろとろと走る。こぼれる光に目を細める。急にかげったりするから漫画をめくるには疲れる。

父が急に車を止めた。ちょっと降りよう。急な階段を降りる。ぴょんぴょんと足下だけを見る。よそみをしていると落ちるよ。

一心不乱に石段を降りたら、小さな入江。誰もいない。砂浜だ。そそり立つ崖。手を伸ばすと空が窓の中に入った。

「もどろうか」

石段に足をかけるとカニがうろつく。

父はカニを踏みつけた。息がとまりそうになる。石段を懸命に登ると深い緑に囲まれ、かき消され窓に入った空がいつしか消えた。

父の記憶、少しずつ欠けてゆく。

さっき食べたものもわからなくなった。でも踏んづけたカニはいる。あの入江。

「あれは松崎の帰りだろ」

足をすべらせ大騒ぎして降りた入江。

「きれえだったなあ」

ばらばらで繋がらないけど消えない記憶。

家族で訪れた伊豆の海。

優秀賞

金木犀《きんもくせい》

天野《あまの》　有美《ゆみ》

静岡県の木はモクセイ。金木犀の花言葉は「謙虚」。それを知ったのは祖母が亡くなったあとだった。今でも金木犀を見るたび思い出す。病室で咲いていた祖母の笑顔。祖父の遺影を見つめる熱いまなざし。だけど伸びてぶつかる枝々を見るたびよみがえる。あの日の衝突。そして葛藤。

祖母は十年前、突然、右肩の激痛を訴えた。精密検査の結果、進行性の小細胞肺がんとわかった。加えて余命半年の宣告。父は顔を真っ青にした。もう長くはない。誰もがそう思った。だけどもっと生きて欲しい。みんながそう願った。しかし「もういい」と言う人間がいた。祖母だった。

「もう悔いはない。もう迷惑はかけたくない」

口癖のように「もう」を繰り返した。

「もうじゃないよ。まだだよ。まだ生きるんだよ」

祖母は申し訳なさそうに頷いた。

こうして始まった抗がん剤治療。病室の扉を開けると祖母がいた。痩せこけた頬に、骨の浮き出た身体。生きることが死ぬほどつらそうだった。そんな祖母に思わず目を背けたくなる自分がいた。だけど祖母のやさしいまなざしが私を惹き付けて離さなかった。

「よく来たねえ」

そう言って他愛もない話をした。庭の金木犀が樹齢百年だとか。沼津で美味しいうなぎ屋さんはどこだとか。その間だけは病気のことを忘れられた。だけど祖母はふと「もう爺ちゃんのところに」と洩らした。そこには死ぬほど生きたいなんて気持ちはなかった。あったのは抗がん剤治療を選んだという後悔だけだった。私たち家族のしていることは間違っているのだろうか。私は人知れず悩んでいた。「そんなに来なくたっていいのよ」と言った祖母の言葉がこびりついた靴の裏のガムみたいに離れなかった。

こうして続く葛藤と抗がん剤治療の日々。それでもガンの進行は止められず、ついに緩和ケア病棟に移ることになった。

あれは沼津を台風が直撃したときだった。翌日、病室に行くとそこには落ち着かない祖母の姿があった。祖母が心配していたのは庭の金木犀だった。実はその木は台風でなぎ倒されていた。生前、祖父が大事に手入れをしていた木。毎年花が咲くたび「爺ちゃんの里帰りだ」と祖母は喜んでいた。そんな大切な木が倒れたというから心中穏やかではない。そんなときちょうど外泊の許可が下りて帰れることになった。

祖母は庭を見て泣いた。庭一面に散った金木犀の花。まるでオレンジカーペットのようだった。そして無惨にも倒された太い幹。その重みに必死で堪える電柱。「なんだよ。邪魔だなあ」と聞こえる通りの声。父は重たい口を開いた。

「そういうことだから今日処分する」

祖母は声を枯らせて泣いた。

「いやや、いやや」

父は業者を迎え入れた。大型のトラックがゆっくりと庭に現れた。トラックが近づくと目の前の木を遠くに感じた。祖母はグレーの作業服を見るなり、半狂乱になった。私は車椅子から身を乗りだす祖母を必死で抑えた。とてもガンで蝕まれた身体とは思えない力だった。だけど祖母の気持ちは収まるどころか落ち着くことを知らなかった。徐々に息が荒くなり、呂律が回らなくなった。こうしてついに救急車を呼ぶことになった。祖母の帰宅は半日ともたなかった。


このあと祖母の最期について話し合いがもたれた。病院か、自宅か。しかし父は言った。金木犀のなくなった自宅で祖母が落ち着いて過ごせるだろうかと。一方、私は住み慣れた自宅で家族と最期を迎えさせたいと願った。


「お前はおばあの子どもじゃないだろ」

「父さんだってばあちゃんの見舞いに来なかったくせに」

それはまるで伸びた金木犀の枝たちがぶつかり合う姿だった。枝も家族も近すぎるからぶつかる。家族だからこそしんどくなる。別に父が憎いわけではない。最期は自宅でも病院でもそこに正解はない。私たちは祖母に幸せな最期を迎えて欲しいだけだった。だけど残された時間はあとわずか。言いようもない無念さが涙と共に込み上げた。その涙がポトンと床に落ちた瞬間だった。

「わかった」

ぶつかり合ったふたつの枝。ついに父が折れた。

祖母が自宅に戻り、空っぽの庭に金木犀の苗を植えた。挿し木と違って開花が早いという。「もしかしたら見られるかも」と言う私に「そんなあ」と祖母。最期まで謙虚だった。祖母はまもなく逝った。残念ながら苗も枯れてしまった。しかし今年、あの台風の時の挿し木が開花を迎えた。今は庭の隅っこで咲いている。謙虚なあの祖母のように。

優秀賞

二俣線《ふたまたせん》・天浜線《てんはません》を乗《の》り継《つ》いで

鈴木《すずき》　よし子《こ》

静岡県には東西に幹のような東海道線。南北へ枝葉のようにローカル線が走っている。その中の一つが二俣線である。天竜川や浜名湖の美しい自然の中をガタン、ゴトンと車輌の音を響かせて走る。鉄道軌道史によると二俣線は旧国鉄の二俣線として昭和十五年に全通した。当時は戦争が近づいていたこともあり、軍事上の要請によって東海道線の迂回路として掛川から浜名湖の北側をまわり新所原と結ぶルートが造られた。

五十年前私が利用した二俣線について話してみる。

「時間に遅れるよ」と言う母の声に眠い目をこすりながら、ご飯と味噌汁をかき込み玄関を飛び出す。都筑駅から豊橋の会社に通った時のこと、「シュシュ　シュシュシュ」と蒸気を吐く蒸気機関車の音が遠くのほうから聞こえる。黒い煙がもくもくと民家の屋根の上に見えてくると、それを目安に乗客が一斉に駆け出す。列車がホームに近づいた目印だった。作業着姿の男の人が「すみません。あと一人きますので待ってやってください」と駅員に告げる。こんな悠長なことがこの頃は許されていた。

二俣線は旧国鉄の特定地方交通線であった路線を引き継いで、昭和六十一年自治体などが出資運営する第三セクター企業で運営することが決定。〝再生ふるさと鉄道〟と新聞に大きく報じられると地域の人々は紙面いっぱいをにぎわす報道に喜んだ。

名称も二俣線から天竜浜名湖鉄道、通称天浜線となった。

子育ても一段落すると、近くの佐鳴湖公園を散歩する楽しみを見つけた。友だちから天浜線を使ってのウォーキングの誘いが来た。二十年ぶりに乗る列車に心がはずんだ。私が乗る気賀駅の小さな駅舎はウォーキングの参加者でにぎわっていた。ホームで待っていると間もなく車体に緑色と水色の帯が入った列車がゆっくりと入ってきた。一輌しかなく列車はすぐに満席となった、立ったまま窓の外を眺めているとガタンゴトンと心の奥を揺らすようなレールのひびき。

「あれっ、この景色見覚えがある」

田舎の道は昔と変わらず田んぼの中に一本通っている。この道をずっと昔私は歩いたことがある。記憶をたどった。

あれは私が小学二年のときだった。正月、父と私と妹。父の腕の中には大事に一升ビンが抱えられている。金指駅を降りると見渡す限り田んぼだった。冷たい北風が吹きすさび辛かった。行けども行けども、子どもの足では遠くて着きそうにない田んぼ道は寒さで身が縮んだ。妹が「寒い」と言った。すると父が私と妹の手を片方ずつ自分のポケットに入れてくれた。なんだか急に暖かくなったような気がした。やっとのことで目的の家に着いた。

父の友人は戦争で両眼を失っていた。

私たちが尋ねるのを格別の思いで待っていた。玄関に入ると待ちきれなかったのか、大きな声で「寒かっただろう。さあ早く、早くコタツに入りなさい」と勧めてくれた。戦友は両手をのばし私の肩や頭をなでると「大きくなったなぁ」と自分の孫が訪れてきたかのように喜んでくれた。

しかし、私は目が見えない人の動作が怖かった。父ににじり寄った。父が「どうした」と聞いた。戦友が「ミカンがあるから食べなさい」と目が見えないのに見えているかのように籠から一つ取り出すと私にくれた。恐る恐る小さな声で「ありがとう」と受け取ったが、食べる気がしなかった。「遠慮しなくてもいい、まだ沢山あるから食べなさい」と言ってくれたが手に持っていた。

戦友と父がお酒を飲み始めた。思い出話が始まった。最初は足にゲートルを巻くのに苦労した時の話。「僕はぶきっちょだから歩いているうちにほどけていたことが分からず、片方の足で踏みつけていて転んでしまった」、父も「何回も練習したさ」。二人は失敗を喜んでいるかのように笑った。「君は毎日、日記を几帳面に書いて提出していたなぁ。僕は風呂から上がると一杯の酒が楽しみで飲むとそのまま寝てしまった、だから宿題の日記を毎日は書けなかった」と言い訳のように話した。

その夜私たちは泊まった。戦友もいっしょに川の字のように布団を四枚しきつめた。家の中はシーンと静まり返っていた。

父は布団の中から「二俣線が風に乗って遠くからガタン、ゴトンと小さく聞こえてくる。都筑の家でも聞こえることがある。そしてこの音で故郷に帰って来たことをかみしめることができる」と話した。すると戦友も「列車のガタンゴトンを聞くと、穏やかだった戦争前の平和な時を思い出し、今は戦争が終わったことを有難く感じる」と自分の目が見えなくなった辛さより、終戦を喜んでいるように感じた。

二俣線の車輌の音が二人を夢の中に静かに誘う。

優秀賞

無形《むけい》の宝物《たからもの》

宮澤《みやざわ》　典子《のりこ》

三島市から車で約二時間。伊豆中央道と修善寺道路、天城北道路をあっという間に駆け抜ける。そして、どこまでも深い山間、薄い靄のかかった船原峠を越えてゆく。

峠を下ると、広大な駿河湾がきらめいて見えてくる。さらに進むと、幻想的であり非日常的な風景の、堂ヶ島に目を奪われる。いくつもの荒々しい巨大な岩が、いくら波に叩かれても、海からその姿を突き出している。

窓を開けると、寄せては返す白波の、ザーっという音が聞こえてくる。それと同時に、潮の香りも風に乗って運ばれてきた。

松崎町に入り、なまこ壁が目立つ道路を進むと、岩科川がゆるやかに流れている。舗装されていない土手は、着物姿の子供が歩いていたとしても、何も違和感を覚えないと思われる、懐かしさと優しさが漂う。

そんな風景の中に、明治時代からの長い年月を越えた、岩科学校がある。

三十年以上前に、今は亡き祖父とこの場所を初めて訪れた。そして今、数年前から毎年ここを訪れるようになった。

最初はわたしの好古趣味と、祖父との思い出の場所として、写真撮影が目当てだったが、目的は変わっていった。いつもわたしは、無形の宝物を頂いている。

二階建てのなまこ壁で、アーチ形の窓のある、不思議な校舎へ入って行く。

体力的な疲れを感じている時に訪れたことがあった。二階廊下から見える山肌の緑が、日光を浴びて輝いていた。

入江長八の鏝絵で、たくさんの鶴が描かれた部屋がある。鴨居の爽やかな水色が青空で、百三十八羽の飛翔する鶴が子供達、朱色の床の間を太陽に見立てている。子供達は勉学に例えられた太陽へ向かい飛んでいく。

そして地袋に「芙蓉は美人の装いに及ばず」の漢詩と共に描かれている女性が、美しく儚かった。

風景と作品に見入って帰宅する頃、不思議と疲れていたことも忘れていた。

様々な心の葛藤に嫌気がさしている時、訪れたこともある。

明治時代の授業風景が再現された教室がある。先生と生徒の人形が置かれている。女の子の人形は、頭に手拭いを巻き、赤ちゃんを背負って教科書を読んでいた。家事の手伝いをしながら勉強する姿を見て、自分が情けなく思えた。それが当たり前だった時代とはいえ、子供でもどれだけ頑張って生きていたのだろうか。

そして、机に置かれた石盤・石筆は、いかに紙が貴重品だったのか、古い時代の建物や道具、日用品を見学すると、つくづく考えさせられた。

すると自然に、〝ありがたい〟という気持ちが溢れてきた。食べ物がすぐに食べられてありがたい、車があるからすぐに移動できてありがたい、スマホがあるから欲しい情報もすぐに手に入り、人との連絡もすぐにできてありがたい。

当たり前だと思っていた日常生活が、ありがたいことに気が付くと、心の葛藤はだいぶ楽になった。

そんな無形の宝物が、岩科学校には詰まっている。

子供だったわたしが、大人になってから何となくでも岩科学校を訪れようという、きっかけを作ってくれた亡き祖父にも感謝している。わたしはこの場所に、何回も励まされ助けて頂いたのだから。

校舎を出て、開化亭で名物の桜葉アイスを食べた。

「ここはよいところですね」

わたしが言うと、

「リピーターの方が多いんですよ」

女性はにこやかに答えて下さった。

わたしもいつの間にか、そのうちの一人になっていた。

優秀賞

鹿島《かじま》の夏《なつ》

縣《あがた》　千晶《ちあき》

雨上がりの湿ったような生暖かい風が体にまつわりついてくる。

夏の夕方。今は五時を少し過ぎたところだ。

私は土手に敷いたレジャーシートに座りながらそのまつわりついた風たちを振り払うように団扇で顔から胸にかけてパタパタとあおいだ。

ここは浜松市天竜区鹿島にある天竜川の河川敷だ。今日はこの地域の夏祭りで百四十年余の歴史がある「鹿島花火大会」の行なわれる日だ。会場は天竜浜名湖鉄道西鹿島駅から徒歩十分のところにある。天竜川に架かる自動車用の橋と平行して天竜浜名湖鉄道の鉄橋が架かっている。その近くの河原から花火が約四千発打ち上がる予定なのだ。

私は土手に座り、さっき買ってきたばかりのスポーツドリンクの入ったペットボトルを手に取る。ペットボトルの表面には水滴がびっしりとついている。それをタオルでふきとり、一気に飲む。液体は喉を鳴らしながら流れ、体の内側がひんやりとしていくのが分かった。

しばらくすると、いそいそと彼が戻ってきた。

「焼きそばの屋台はすごく混んでいたよ。これでいいかな」

そう言って私の目の前に焼きそばと焼き鳥、缶ビールを差し出した。

「うん、ありがとう」

と私はそれらを受け取った。

「まだまだ始まらないね」

彼は額にぐっしょりと汗をかいていた。白いＴシャツはぺったりと背中にくっついている。少しふくよかな体型の彼にとっては酷な時間だったに違いない。

「まだ五時半だからね。でもこの時間から席をとっておかないと座って眺めることができなくなるわよ」

と私は言う。河原で行なわれるこの花火大会には去年は九万人の人が訪れていた。真っすぐに続く土手の下の道路は歩行者天国となり、両側にはおびただしい数の屋台が並ぶ。警備員が自動車の侵入を拒み、見物客だけがぞろぞろと人と人とのあいだを擦り抜け、屋台が並ぶ道へと流れていく。

私たちは買ってきた焼きそばを頬張りながら花火大会の始まる夜七時まで、どうでもいいような話をしていた。

時間が流れるにつれて屋台の灯りがぽつぽつと目立ち始める。八月の第一土曜日。立秋前の真夏の夜だ。日は長く、七時前でもまだ山の縁はほんのりと昼間の空の面影を残している。その輪郭が空と馴染むにつれて一番星が光りだす。雲の色が青空に映えた白から明るさを失い、灰色に変わる。

「七時だ。始まるぞ」

彼の言葉とともに最初の花火が上がった。どーんと体が震えるような衝撃が走る。つぎつぎと打ち上げられる花火。

私たちの住む町から気軽に行ける花火と言えば遠州袋井の花火、舘山寺の花火、三ケ日の花火などがあるが、その中でも私がいちばん好きなのがこの鹿島の花火なのである。毎年のようにここに訪れるわけは、まず花火と観客の近さだ。通常、花火は横から眺めるイメージだが、ここの花火は違う。真下から眺めるような感じなのだ。火の粉はぱらぱらと天竜川の水面に一つずつ消えていく。それをはっきりと見ることが出来る。

もう一つ、音の迫力はほかのどんな花火大会にも劣ることはないだろう。このことを誰かに話すときには自分のことのように誇らしい。

西鹿島の花火会場は鳥羽山など周りをすべて山々に囲まれている。平地や海辺で行なわれる花火より音の反響が大きく、まさに大地が揺れるように響き渡るのだ。花火の弾ける前は自分の乗ったジェットコースターが徐々に頂上に向かって登っていく感覚に似ている。胸がそわそわと浮いているような感じに襲われるのだ。

花火が夜空に鳴りわたった。

規則正しく火花たちはそれぞれの向かう場所が分かっているかのように飛んでいく。緑色をした花火は酸化銅、青は酸化コバルト、赤は炭酸胴などの化学物質をその色彩に使用していると、聞いたことがある。さらに柳のように枝垂れる火花は炭を粉にしたものを使うらしい。花火は終盤に向かっていた。私は隣で団扇をぱたぱたさせている彼をちらりと見る。高校生の時、この彼と浴衣を着て、天竜浜名湖鉄道に乗って、この鹿島の花火を見にきたことを思い出していた。彼の額にはまだ汗が滲んでいる。私は来月この人と夫婦になるのだ。彼がつぶやいた。

「来年はもしかしたら三人で見ることになるかもな」

彼の言葉を追い掛けるように最後の花火が夜空に上がった。

優秀賞

北遠州《きたえんしゅう》 天空《てんくう》の里《さと》

榎本《えのもと》　政夫《まさお》

半世紀余りも前のことである。

水窪行きの国鉄バスに乗り、峰之沢口という停留所で降りた。ここまで来ると、秋葉湖はだいぶ縮まって、深くて広い川の状態になっている。〝あばれ天竜〟の異名を持つ天竜川は、ここでは穏やかな表情を見せていた。長い吊り橋を渡って対岸に着くと山のふところへと入る。割ときつい斜面のところどころに民家が点在している。

私が龍山村立下平山小学校に赴任したのは、昭和四十一年の春だった。閉校になるまでの四年間、私は新任教師としてここで暮らした。東京の大学を出、最低限の生活用具を登山用の大きなリュックに詰め込んで、初めてこの村の山道を登った。職住一体の新生活が始まった。

赴任してからわかったことだが、バスの到着時刻に合わせてインクラインと呼ばれるケーブルカーが待っていたのだ。これには誰でも乗せてもらうことができた。ケーブルカーといっても、もともとは鉱石運搬用だったので鉄枠だけの簡素なものだ。林道が鉱山まで延びたので、鉱石の代わりに人を運ぶようにしたということだ。真冬に乗ると吹きさらしなので寒くてたまらない。それでも乗ると、天竜川が一気に下へと落ちていくような爽快な気分になれた。

小学校は位置的にも下平山地区の中心。南の方一帯は峰之沢鉱山で、主に銅を採掘、選鉱している。鉱山関係者の家族が、社宅や長屋等にまとまって住んでいる。他の三方面には、茶農家や山林業の人たちが、点々と、長い歴史を刻んで暮らしている。

三年生二十一人の担任になった。全教科を受け持つので、できなかったピアノを必死に練習した。音楽教科書の最初の曲は「春の小川」。この一曲で最初の一か月を乗り切った。「先生、もう次の曲へいこうよ」の子供たちの声が、今でも頭に残っている。この時の新しい挑戦が、その後の教員生活に大いに役立った。

休みの日には、学校に隣接する教員住宅に、子供たちがよく遊びに来た。当時はまだ宿直制度があった。宿直当番の日には、地域の大人たちが学校の宿直室に来てくれた。時には酒瓶を下げて。山道を登り詰めると、火祭りで有名な秋葉山と遠州の名峰竜頭山を結ぶ縦走路に出る。山好きの私がよく歩いた尾根道だ。近くの山や谷には、子供たちとよくハイキングに出かけた。

四年間同じ子供たちを受け持ったが、四年目の夏、衝撃的なことが起こった。受け持った子供たちが、明治時代創立の長い歴史を有する下平山小の最後の卒業生になったのである。それは、峰之沢鉱山の閉山が決まり、その影響を受けて小学校も閉じることになったからである。

鉱山の縮小と共に、鉱山で暮らしていた人たちは次々と山を下り、新しい暮らしを求めて各地へと散っていった。六年生のとき、子供たちは、友達が出ていくたびにお別れ会をやった。それも四回目になると十人以下になり、さびしさのあまり途中で皆がワアワア泣き出しそのまま終わってしまった。

最後の卒業式の後、引き続いて行われた閉校式は、地域総出の涙一杯の式になった。夢のような四年間だった。

私は、遠州から伊豆の三島市へと異動した。その後、遠州の各地で何度もクラス会がもたれた。子供たちが成人してからは、私が住む伊豆でも開かれた。今は、教え子たちは既に還暦を過ぎた。

一昨年の秋、私はこの下平山地区を訪ねた。浜松市の中心部に住んでいる教え子のＡ君が、案内役を兼ねて付き合ってくれた。市街地を離れ、天竜川に沿って延々と北上した。山間僻地に入っても、今では浜松市になっている。変わってしまった地名に違和感を覚えた。天竜川の静かなたたずまいは昔のままだ。

今も集落に残っているお世話になった方々を訪ねた。廃屋が目立ったが、今でもここは美しい天空の里だ。眼下の秋葉湖が青空を映す姿も、周りの山々の泰然とした連なりも、あの時のままだ。ここに住む人の温かさも変わっていない。運動場の跡地に立つと、風の音に混じって、子供たちのにぎやかな笑い声が聞こえてくるような気がした。

特別奨励賞

知《し》る一歩《いっぽ》

柿原《かきはら》　綾乃《あやの》

「城の石垣は自然石を積み重ねた野面積み。見かけは素朴だけど頑丈な構造で、徳川家康の慎重かつ用心深い性格が表れている」

この文は小説家、望月拓海さんのデビュー作、『毎年、記憶を失う彼女の救いかた』の中の一文。浜松に住む人なら誰もが知っているであろうシンボル、浜松城について書かれている。このように浜松が舞台となっている小説が実はたくさんあるのだ。それらのおかげで私は、浜松の魅力を新たに知ることができた。

私の通っていた中学校は、三年生になると総合の時間で地域に提言をするという学習を行う。これまでの中学校二年間の総合の時間を生かし、調べて、まとめて、発表。それを大体一年の活動を通して行う。

私の提言は「募集！　浜松であの日の主人公やりませんか？」。簡単に言えば、浜松が舞台の小説で出てくる所を回り、小説を実体験するというものだ。私の母が浜松を舞台とした小説を買ってきたことがきっかけでこの提言をしようと決めた。もともと本を読むことは好きだったため、楽しみながら準備をしていった。

文章のところどころにある浜松。自分の見知った土地が舞台となった小説を読むことは予想以上に心躍るものだった。発表の資料とするために登場した場所を書き出したのだが、書き出した場所の半分以上は私の知らない場所だった。母の話や小説の表現で想像したり、インターネットで調べたりするうちに、浜松の素敵な場所がたくさん見つかった。黒田稲荷や浜名湖オルゴールミュージアム、滝沢展望台など。生まれてから約十五年。浜松にいながら浜松のことを全然知らなかったのだと感じた。

さらに、他のクラスメイトの発表のとき。十人十色のテーマで聞いていてあきることはなく、数少ない総合の時間が楽しみだった。その発表も驚きの連続だった。まさに灯台元暗し。その言葉がぴったりだというように、慣れ親しんできた浜松の新たな面が語られていった。友達の発表のあいだ、ずっと感心していたような気がする。それほど浜松について知らないことがあったのだ。

このような体験を通して、私のように浜松にいながら浜松のことをよく知らない人が多いのではないかと考えた。私は浜松がもっと有名で活気溢れる都市になってほしいと思う。そう望む人は少なくないはずだ。しかし、ただ外に浜松の良さを発信するだけでは十分に浜松の魅力が伝わるとは思えない。ならばどうするべきか。簡単なことだ。外だけでなく内にも発信すれば良い。内へ広めてから発信することで、外へ発信するときにはない熱意や応援が加わる。地元の、友達の、それを知り愛する人達からの発信ほど強く、人の心を動かすものはないと思う。だからイベントはもちろん、私のように小説で知るのも、漫画や音楽で知るのも、実際にその地へ行って知るのも、何でも有りだ。今あたり前に暮らす、浜松という地がどれだけ良い所なのか。それを知ってもらうためのきっかけを発信する。そうして、内側、浜松に住む私達が浜松について知り、発信することで浜松の活性化につながるのだ。

いつもの生活で少し気にするだけ。少し遠くに遊びに行くだけ。それだけで普段とちがった浜松を感じることができるだろう。私達のその小さな一歩が、浜松の新たな一歩になるのだ。

選評

◇小説・随筆・紀行文部門

深い視界を持つために

三木　卓

今年も多くの応募があり、うれしく思いました。文章を書くということは、基本的にめんどう臭いことであり、できたらしないですませたいものです。夏休みの課題である読書感想文でうんざりする子がいつも大多数であることが思い出されます。

文章を書くということは、自分の中から力を放出することであり、言葉によって自分を何らかの意味において決定することです。たとえばそれが小説なら、さまざまな外的材料を活用して自分ならではの言語的空間をつくり出すことです。そしてそれが読者という他者の共感を呼ぶものとして成立していれば、小説が書けた、ということになるでしょう。

書くということを続けていくと、自分というものがだんだんわかってくるし、他者というものもわかってきます。つまり、現実を見ているわたしへの認識も他者への認識も深まっていくのです。これは、文章を書く、小説を書く、書き続けることから得られる効用でしょう。どうかみなさん、いっそうがんばって下さい。

最優秀賞は、鈴木ヤスノリさんの「ナナカマドの庭」に決まりました。心身ともに傷ついた高校生の男の子が、学校へ行くのもつらくなっていましたが、夏休みのアルバイトで生花の市場で働いたことから恢復の手がかりをつかむ、というもので、現代の青少年にとって無関心ではいられないものです。

大人が働いている現場は、高校生にとっては未知の多様性を学んでいるので、主人公は自分がとらわれているものから自由になる体験をしました。終わり方もなかなかいいです。

優秀賞の多賀多津子さん「ボンネットバスと走った天城峠」は、かつて伊豆のバス会社で働いていた作者の体験と思われるエッセイ。戦中・戦後は、戦争のためにガソリン不足で、わたしも木炭車に乗せられていたこどもでしたが、燃料に海藻を使っていた！　こともあったのですね。天城峠を走っていた戦後のバスの状況は、読んでいて懐かしい。みんなこんなふうに一心に生きていたのだと感じると、当時の人々の努力がいとおしいです。

佳作は、逆瀬川わたるさん「坦庵先生とパン」と戸川桜良さん「はぐれ雁」。逆瀬川さんは江川坦庵とディアナ号遭難のあいだに、坦庵特製のパンがはさまっているところが愉快でした。戸川さんは、曽我兄弟をあつかった力作ですが、波瀾万丈のものがたりの荒馬を十分乗りこなしてほしかったです。

選考のあとの高揚感

村松　友視

最優秀賞「ナナカマドの庭」は、落ちこぼれ的な高校生が、沼津港に近い花市場で体験した、夏休みの二週間だけのアルバイトで出会ったひとくせある大人たちから徐々に感じ取ってゆく大人たちの屈折した時間が、見事な人物配置によって魅力的に描かれている作品。その濃密で奥深く謎めいた大人たちとの贅沢な体験を、アルバイトからの手みやげとしてさっそうと家庭と学校へと立ち帰る、主人公の弾んだ気分が強く伝わってくる。二週間のアルバイトが終わるとともに、花市場が消える巧みな結構も、タイトルへの収斂ぶりも、大人たちの屈折したセリフ回しも、小説の香りにみちていた。

優秀作「ボンネットバスと走った天城峠」は、伊豆の天城路を初めて走った乗り合いバスに、十五歳の車掌として職につき、五年あまりをボンネット型のバスで往復した八十二歳の女性作者の体験記。乗り合いバスに関わる事実を気分満点な文章で克明に振り返った内容が、あくまで随筆として書かれているのだが、ひとりの女性の内面の心もようともかさなる、貴重な作品だ。作者の記憶の中からさりげなく立ちあがった〝天城山心中〟への思い出をたどる作者の意識のながれが、作品に独特のイメージとニュアンスを与えているのも興味深かった。

佳作「坦庵先生とパン」は、伊豆韮山の反射炉と江戸御台場の砲台で知られる江川坦庵のつくる乾パンが、洋学を排斥しようとする幕府要人の思惑を突き抜けて、ディアナ号と日本人船大工の協力による洋船造りにむすびつき、国境を超えた心の通い合いともからんでくる作品。意外に多い〝坦庵〟ものの中で、小説的工夫が秀逸だった。

佳作「はぐれ雁」は、富士の裾野での曽我兄弟による仇討ちにいたるまでの十郎・五郎兄弟の屈折から、仇討ちとからむ源頼朝と北条時政の権謀術数の大渦の中で兄弟がそれぞれの命を絶つまでの顛末に、登場人物への作者独特の思いを投影させ、それぞれの人物に小説的役割を彫り込んだ、劇作的工夫を感じさせる新しい〝曽我物語〟という趣きの作品だった。ただ、登場人物の語りが現代風に仕立あげられているのは、読みやすい効果をも生んでいるが、時代小説の味を微妙にうすめているのではなかろうか。

いずれにしても、今回は選考会にのぞむ気分も弾んでいたし、この結果をながめてもそれぞれのちがった個性の色があって、選考のあとに高揚感が残った。

サッカー耕介青年は負けない！

嵐山光三郎

「ナナカマドの庭」は、夏休みにアルバイトをした沼津市花市場での体験を通して、高校二年の耕介が再生していく物語である。個性あふれる人々の出会いとナナカマド。ナナカマドはバラ科の落葉植物で、夏に小型の白い花が咲く。耕介はスポーツ推薦で入学したが、ケガをしてレギュラーをはずされていた。

花市場で、ライデンと呼ばれているナナカマドの枝ものは、売れ筋の花ではなく、売りに運んでくるのは「ゴテンバのおやじ」と呼ばれる老人である。大きな枝ものをリヤカーに乗せてやってくる。競り台に乗せられても、買い手がつかない。「五百円、だめか」と下げようとしたとき、イワセキという店の主人が「オレのところにつけときな」と引きとった。ゴテンバのライデンといえば、昔はいい枝ものとして人気があったのだが、いまは売れない。

ひと昔前は富士山のすそ野は子どもたちの庭のようなところで、ナナカマドが群生していた。その森が米軍の演習場となると、金網のフェンスが張りめぐらされ、砲弾の破裂する音がつづくようになった。金網を破って、砲弾の殻を拾って鉄くず屋へ売ると、いい値になった。たま拾いの不発弾で亡くなった人もいる。ナナカマドに秘められた歴史と、サッカー選手として再起しようとする主人公の決意が交錯する。読後感がさわやか。

「ボンネットバスと走った天城峠」は、日本バスガール史としても貴重な記録。腕に「車掌」の腕章を巻いて、乗車券を販売し、停車と発車オーライを運転手につげ、名所にさしかかると、マイクをとってガイド嬢に早変り。大活躍でしたね。

うさぎの目のような方向指示器。狭い車道でトラックと交差するとき、車掌は下車して笛を吹いて誘導する。パンクしたときは鉄製のジャッキをバスの腹の部分に据える。これは命がけですよ。バスの清掃も重労働で、車掌仲間の母が「十五の娘にこんな仕事をさせるのは過酷だ」と泣いていたという。実際にたずさわった人でなければ書けない話ばかり。苦楽をともにしたボンネットバスの一代記。さらに書き足せば一冊の本になる。

「坦庵先生とパン」は、砲術家が大砲だけではなくて、ロシア人のためにパンを差し入れたというフトコロの深さがご立派。こういう日本人が、今の時代に求められる。

「はぐれ雁」は、目のつけどころはいいのですが、言葉の使い方が固すぎる。もっとかみくだいた語り口での長編に仕上げるといいでしょう。アイデアは面白い。

すがすがしさを求めて

太田　治子

伊豆文学賞審査の日は、大体がよいお天気です。今回も、熱海の海が青く輝いてみえる部屋で審査が始まりました。受賞作品はすべて、すんなりと決まったわけではありません。それぞれ色合が異なる作品に、色々な批評がでたのです。「みんなちがって、みんないい」という金子みすゞさんの詩のようには残念ながらいきません。佳作がもう一篇あってもよいのではないかしらなどと、今回はしきりと思いました。書き手の意気込みが、ひしひしひしと伝わってくる作品に、圧倒されそうにもなりました。

最優秀賞の「ナナカマドの庭」は、一言でいえば、実にすがすがしい作品でした。殊更に海がでてくる訳ではないのに、読みながら私はいつも青い海を間近に感じていました。舞台は、花市場です。沼津港近くにある花市場に、サッカーのレギュラーを外されたことから学校を休みがちになった高校生の耕介がアルバイトにやってくる。いかにも威勢のいい魚市場ではなく、すぐにイメージがわかない花市場を舞台にしたところが、とてもいいと思いました。淡々として、しかもいきいきとした語り口に惹かれました。やはり圧倒されるような話しぶりよりも、自然体の言葉遣いに心が和むのです。

富士山のすそ野にある小さな村には、ナナカマドが群生していることを、今回初めて知りました。花市場はなくなっても、ナナカマドの木はそこに今もあるのでしょうか。その村に、そっと行ってみたくなりました。

優秀賞の「ボンネットバスと走った天城峠」は、随筆です。紺の上着に同色のスカートと帽子姿の筆者の初々しい笑顔が、浮かんできます。しかし、革製の大きな黒い鞄を提げての仕事は、どんなに大変だったかが、実に丁寧にわかりやすく書かれています。当時のバスが、郵便物の運搬を兼ねていたというお話にもびっくりしました。バスから降りて湯ヶ島の郵便局へ郵便物を置き戻ってくると、バスは出発していた。置き去りにされた時のショックは、わがことのようによくわかる気がしました。貴重な歴史の証言です。

「坦庵先生とパン」は、パンという時代小説には珍しいものが登場することに、目を見張りました。パンのかたちとか味わいなどを、くわしく教えていただきたく思いました。

「はぐれ雁」は、私にはとても面白い時代小説に思われました。曽我五郎・十郎兄弟の仇討ちのお話から、筆者は五郎を悩める考える人として描きました。そこが、とても新鮮に感じられました。

◇メッセージ部門

それぞれのメッセージ

村松　友視

最優秀賞「繋がらない記憶」は、父の運転での伊豆旅行の中の、〝弟〟や〝おばちゃん〟のさりげない存在感、〝父が踏みつけたカニ〟への気持、〝ハイビスカスのついた黄色いビーチサンダル〟のなりゆき、それらをつつみ込む〝伊豆の海〟などへの作者の記憶が、ポキ、ポキとした個性的な文章のはこびと、独特の色彩感によって、瑞々しく伝わってくる作品だった。

優秀賞「金木犀」は、ガンを患った祖母の沼津の家の庭にあった金木犀に向ける思いをめぐって、父との微妙なズレと微妙な溶け合いを、〝謙虚〟をキーワードに綴った、好感のもてる正攻法の作品だった。

優秀賞「二俣線・天浜線を乗り継いで」は、二俣線の運命と土地と作者の縁をベースにして、父とともに戦争で両眼を失った父の戦友をたずねた小学校二年生のときの体験の中で、父と戦友の絆を子供の感性で具体的にとらえた記憶を綴る佳作だった。

「無形の宝物」は、伊豆のドライブ旅の中で、祖父と松崎町の岩科学校をおとずれたとき、そこにある〝無形の宝物〟としての価値に強く惹かれた作者の感動が、説得力をもって伝わってくる作品だった。

「鹿島の夏」には、〝鹿島花火大会〟を、やがて夫となる〝彼〟とともに体験した記憶を軸に、鹿島花火の特殊性とその時間の楽しさが、素直な文章で綴られていた。

「北遠州天空の里」は、新人教師として下平山小学校へ赴任した五十年あまり前の記憶から、下平山小学校自体の曲折をへた刻々の命運と、天空の美しさという土地の財産に向ける素直な気持が溶け合って伝わってくる作品だった。

　特別奨励賞「知る一歩」は、〝地域に提言する学習〟をきっかけに、ふるさとである浜松を具体的にアピールする手法を模索する若い作者らしい〝知る一歩〟の提案を、熱い郷土愛とともに書かれた好感のもてる作品だった。

感性と煌めき

諸田　玲子

短い中に思いをこめなければならないメッセージは、技術的な力量だけでなく、感性と潔さを必要とする難しい部門です。その意味で、今回受賞された皆さんのメッセージは、それぞれが煌めきのある、読み応え十分なものばかりでした。

最優秀賞の「繋がらない記憶」は、豊かな感性と型にはまらないのびやかさが群を抜いていました。黄色いハイビスカスのついたビーチサンダル、二匹のカニ、すきとおった流れる水、こぼれる光、砂浜、石段、深い緑……と、きわめて映像的で、説明を羅列するかわりに色彩あざやかな場面を浮かび上がらせる手法が見事です。これはだれでも書けるものではありません。作者ならではの個性的なアプローチに並々ならぬ才能を感じます。

優秀賞の「金木犀」は、祖母の生き方を〈謙虚〉という花言葉に結びつけて、祖母への愛と切ない思いがあふれてくる感動的なメッセージでした。なにより祖母の看取りをめぐって言い合う家族を「金木犀の枝たちがぶつかる」様にたとえたところが秀逸でした。

「二俣線・天浜線を乗り継いで」は、列車の思い出と著者の半生の記憶が呼応して独自の世界を生み出しています。戦争で両眼を失った父の友人の描写は、一編の小説を読むようでした。登場人物の心模様が鮮やかに描き出されて、文学的な香りが漂っています。

「無形の宝物」は、明治時代からつづく小学校を訪れて無形の宝物をもらうというテーマがいいですね。素直な文章を通して、昔の教室の授業風景、子供たちの姿まで浮かび上がってきました。優しさと哀愁に満ちたメッセージでした。

「鹿島の夏」は、文章が素晴らしい。花火の情景が臨場感たっぷり目に浮かんできます。ただ、最後の数行を活かすためにはもうひと工夫、花火の説明以上に彼とのやりとりを今少し読みたいという欲張りな感想も抱きました。

「北遠州天空の里」は、土地の歴史と自身の体験とが無理なくからみあっていて、文章も過不足なく、まとまりのある上手なメッセージだと思いました。それだけに、さらりと読まれてしまうところが少し損をしているかもしれません。

今回の優秀賞五編は、いずれも最優秀賞でもおかしくない作品でした。

奨励賞の「知る一歩」は、小説から郷里を知るという作者の目のつけどころがとてもいいですね。流れが少々わかりづらいので、随所に具体的な体験談を織り交ぜてはどうでしょう。お若い方ですし、整えようとして説明的にならないで、のびのびと自身の思いをぶつけてほしいと思います。

メッセージ部門の可能性を誘う

中村　直美

第14回伊豆文学賞から加わったメッセージ部門は10年の節目。県内の学校からまとまっての応募が無かった分、作品数だけを挙げれば大きく減少しましたが、今回受賞されたみなさんは、常連応募者の力作を抑えて全員が初受賞という印象深い結果になりました。

最優秀賞「繋がらない記憶」は、描かれたある夏の伊豆での出来事が、目の前で映像となって動き始めるような不思議な力のある作品でした。黄色いハイビスカスのついたビーチサンダル、駆け出す弟の帽子のリボン、照りつける太陽、入江に降りる石段、踏みつけられたカニ……家族の思い出を彩る小道具と舞台装置が、登場人物の朧げな記憶の代わりに生き生きと存在感をもって描かれたところに作者の筆力を感じました。メッセージ部門の今後の可能性を誘う作品だったと思います。

優秀賞「金木犀」は、余命半年と宣告されたおばあちゃんの死をどう迎えさせてあげたいかという家族の葛藤が、静岡の県木をモチーフに流れのよい文章で綴られた作品でした。重くも暗くもあるメッセージが、「謙虚」という花言葉の優しい響きに包まれてスッと胸に入ってきました。

「二保線・天浜線を乗り継いで」は、人生に寄り添うように存在し続けてきたローカル鉄道への郷愁が詰まった作品でした。子供の頃、目の不自由な父の戦友の家に泊まりに行った後半の描写が秀逸で、その分、前半のやや説明的な下りをもう少し折りたためるとさらに上位を狙えた作品だったと思います。

「無形の宝物」は、なまこ壁、鏝絵、そして岩科学校と、伊豆松崎の町が誇りとするものの大きくて深い魅力が、日常に疲れる度に訪れてしまう作者の行動を通してじわりと沁みる作品でした。懐古にとどまらず、１３８羽の鏝絵の鶴も開化亭の桜葉アイスも作品から飛び出してくるライブ感があったのもよかったです。

「鹿島の夏」は、それぞれの心に譲れない「私の一番」がある花火大会の高揚感を、巧みな表現で納得させてくれた作品でした。構成力も光り、別の作品もぜひ読んでみたいと思わせてくれる作者でした。

「北遠州天空の里」は、50年ほど前、新人教師の作者が過ごした山の小学校の４年間が、その時代の空気感とともに伝わってくるほのぼのとした作品でした。すでに還暦を超えた教え子の案内で、再び眼下の秋葉湖を眺める幸福感まで共有できたのが素敵でした。

特別奨励賞「知る一歩」は、実際に浜松の町を回って体験したこと、クラスメイトの前で発表した内容にこそ、もっと作品を生き生きさせるヒントがあったかもしれないのが少し残念でしたが、本が好きだという若い作者の次の一歩を楽しみにしたいと思います。

「伊豆文学フェスティバル」について

文学の地として名高い伊豆・東部地域をはじめとして、多彩な地域文化を有する静岡県の特性を生かして、心豊かで文化の香り高いふじのくにづくりを推進するため、「伊豆文学賞」(平成９年度創設)や「伊豆文学塾」を開催し、「伊豆の踊子」や「しろばんば」に続く新しい文学作品や人材の発掘を目指すとともに、県民が文学に親しむ機会を提供しています。

第23回伊豆文学賞

■応募規定

応募作品　伊豆をはじめとする静岡県内各地の自然、地名、行事、人物、歴史などを題材にした小説、随筆、紀行文と、静岡県内の美しい風景や名所旧跡などを題材にして感じたことや大切に想っていることを伝えるメッセージ。ただし日本語で書いた自作未発表のものに限ります。

応募資格　不　問

応募枚数　小　説　400字詰原稿用紙30～80枚程度
随筆・紀行文　400字詰原稿用紙20～40枚程度
メッセージ　400字詰原稿用紙３～５枚以内

■賞

〈小説・随筆・紀行文部門〉
最優秀賞　1編　表彰状、賞金100万円
優 秀 賞　1編　表彰状、賞金20万円
佳　　作　2編　表彰状、賞金5万円

〈メッセージ部門〉
最優秀賞　1編　表彰状、賞金5万円
優 秀 賞　5編　表彰状、賞金1万円

■審査員

〈小説・随筆・紀行文部門〉
三木 卓　村松友視　嵐山光三郎　太田治子

〈メッセージ部門〉
村松友視　諸田玲子　中村直美

■主　催

静岡県、静岡県教育委員会、伊豆文学フェスティバル実行委員会

第23回伊豆文学賞の実施状況

■募集期間　令和元年5月1日から10月1日まで
（メッセージ部門は9月17日まで）

■応募総数　267編

■部門別数　小　　説　157編
随　　筆　39編
紀 行 文　11編
メッセージ　60編

■審査結果

〈小説・随筆・紀行文部門〉

賞	（種別）作品名	氏名	居住地
最優秀賞	ナナカマドの庭（小説）	鈴木 ヤスノリ	静岡県
優 秀 賞	ボンネットバスと走った天城峠（乗り合いバスの変遷）（随筆）	多賀 多津子	福岡県
佳　　作	坦庵先生とパン（小説）	逆瀬川 わたる	兵庫県
佳　　作	はぐれ雁（小説）	戸川 桜良	東京都

〈メッセージ部門〉

賞	作品名	氏名	居住地
最優秀賞	繋がらない記憶	濱中 晶子	東京都
優 秀 賞	金木犀	天野 有美	埼玉県
優 秀 賞	二俣線・天浜線を乗り継いで	鈴木 よし子	静岡県
優 秀 賞	無形の宝物	宮澤 典子	静岡県
優 秀 賞	鹿島の夏	縣 千晶	静岡県
優 秀 賞	北遠州天空の里	榎本 政夫	静岡県
特別奨励賞	知る一歩	柿原 綾乃	静岡県

第二十三回「伊豆文学賞」優秀作品集

令和二年三月一日初版発行

定価　本体一二七三円＋税

編集　伊豆文学フェスティバル実行委員会
〒420-8601
静岡市葵区追手町9-6
静岡県文化・観光部
文化局文化政策課内
TEL　054-221-3109

発行人　松原正明

発行　羽衣出版
〒422-8034
静岡市駿河区高松3233
TEL　054-238-2061
FAX　054-237-9380

ISBN978-4-907118-49-5 C0093 ¥1273E